QINGSI ZHUIYI

情思追忆

孙玉桂◎著

时代出版传媒股份有限公司
安徽文艺出版社

图书在版编目（CIP）数据

情思追忆/孙玉桂著. --合肥：安徽文艺出版社，2022.3
ISBN 978-7-5396-7358-5

Ⅰ．①情… Ⅱ．①孙… Ⅲ．①散文集－中国－当代②诗词－作品集－中国－当代 Ⅳ．①I712.2

中国版本图书馆CIP数据核字(2021)第278805号

出 版 人：姚　巍
责任编辑：周　丽　　　　　　　装帧设计：徐　睿

....

出版发行：时代出版传媒股份有限公司　www.press-mart.com
　　　　　安徽文艺出版社　www.awpub.com
地　　址：合肥市翡翠路1118号　邮政编码：230071
营 销 部：(0551)63533889
印　　制：安徽新航向印刷有限公司　(0551)65661327

....

开本：880×1230　1/32　印张：8.125　字数：230千字
版次：2022年3月第1版
印次：2022年3月第1次印刷
定价：49.80元

....

(如发现印装质量问题，影响阅读，请与出版社联系调换)

版权所有，侵权必究

2019年11月摄于北京市房山区河北镇,《父亲·我·银杏树》一文中提到的银杏树

2019年11月摄于北京市房山区河北镇,《父亲·我·银杏树》一文中提到的银杏树

2019年11月摄于北京市房山区河北镇,《父亲·我·银杏树》一文中提到的银杏树

2017 年 1 月摄于菲律宾长滩岛

2018 年 4 月摄于北京市房山区良乡长阳公园

2019 年 6 月摄于辽宁省凤城市丹东凤凰山玻璃桥

2019 年 9 月摄于江苏省扬州市

2019 年 12 月摄于小区楼下

2021 年 1 月摄于海南省万宁市

2020 年 1 月摄于福建省厦门市

2020 年 10 月摄于罗红艺术馆

书法作品 1

书法作品 2

书法作品 3

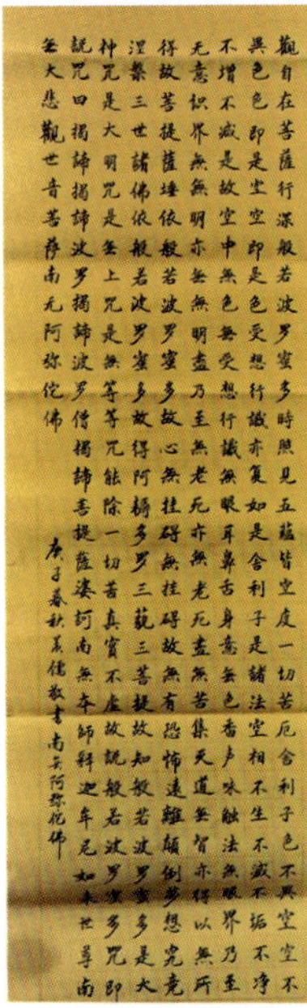

书法作品 4

目 录

序一　赵国培 ……… 001
序二　孙洁 ………… 003

札记篇

母亲节感言 ………… 003
札记 ………………… 004
七夕思母 …………… 005
秋感 ………………… 007
父亲·我·银杏树 … 008
辞旧迎新 …………… 011
四季 ………………… 012
悼兄文 ……………… 013

游览篇

家乡的小河 ………… 017

秋天的味道 ………… 018
黄果树瀑布游记 …… 019
美丽的荔波，神奇的地方 … 021
西江千户苗寨 ……… 022
苏梅岛之旅 ………… 023
锡惠春早 …………… 026
天津之行 …………… 029
红色之旅 …………… 031
水乡秋韵 …………… 032
镇江行 ……………… 034
长滩岛印象 ………… 037
古城台儿庄 ………… 040
滇之旅 ……………… 042
寻雪 ………………… 045
赶春 ………………… 047
重返宽沟 …………… 050
我的家乡 …………… 051

日本行	053	三联峰	091
再游桂林	059	独游千灵山	092
寻根之旅	064	端午重游蓬莱	092
围场塞罕坝	067	与友携手登三联峰	093
草原上的那些花儿	070	游长阳公园	093
江南的秋	071	登上方山	093
鹭岛行	074	打油诗	094
洛阳桥	077	密云青菁顶	094
故乡原风景	080	滨河公园晨练	095

诗词·亲情篇

		好友家度周末	095
		十渡垂钓	096
思亲	083	独登千灵山记	096
长相思	084	观云南石林	097
想念妈妈	084	石林记	098
祖宅情思	085	甲米游记	099
梦双亲	085	和大哥春游陶然亭	099
二十九年结婚纪念日	086	泰国热带雨林	100
遐思	086	赵州桥	100
清明回乡扫祭	087	游览白石山有感	101
孙女出生	087	蒙古草原	101
外孙出生	088	游花台记	102
二哥的小菜园	088	密云古北水镇	103

诗词·游记篇

		海南归来	103
		西湖十景	104
		长沟长走	104
		东湖港	105
刺猬河晨练观景	091	登狼牙山凭吊五壮士	105

静升王家大院	106		
绵山	106	**诗词·花卉篇**	
深山避暑二则	107		
北戴河	108	咏玉兰	123
家乡小河	108	山桃花	123
易水随想	109	赏荷花	124
赴太原访友	109	咏荷	124
水墨周庄	110	牵牛花	125
登山	110	月季	126
北固山怀古	111	梅兰竹菊	126
花城	111	芍药	128
游陶然亭	112	茼蒿	128
运河公园	112	海棠	129
武汉印象	113	丁香	130
呼和浩特印象	114	风荷	130
登昆明西山观滇池	115	郁金香	131
西双版纳	116	并蒂莲	131
山溪	116	晨光荷趣	132
晋祠	117	浮萍	132
小住晋祠宾馆	117	醉花香	132
秋山	118	郁金香	133
小五台山	118	牵牛花	133
云山	119	玉兰	134
太行山	119	曹州牡丹	134
美丽海南	120	樱花	135
		海棠	135
		荷香	136

诗词·生活感悟篇

心迹·四季 …………… 139
春日有感 …………… 139
春雪 ………………… 141
立夏感怀 …………… 142
又见荷开 …………… 143
落叶残荷 …………… 144
秋 …………………… 145
秋日游园有感 ……… 146
初秋 ………………… 146
秋月夜 ……………… 147
秋雨 ………………… 147
秋韵 ………………… 148
咏秋 ………………… 149
醉秋 ………………… 150
小雪时节 …………… 150
雪 …………………… 151
雾凇 ………………… 152
元旦快乐 …………… 152
跨年 ………………… 153
岁末 ………………… 153
拜大年 ……………… 154
2015年春节 ………… 154
元宵节 ……………… 155
元宵 ………………… 155

二月二龙抬头 ……… 156
端午悼屈原 ………… 156
七夕 ………………… 157
下元节 ……………… 158
中秋 ………………… 158
晨练有感 …………… 159
听香月下 …………… 160
咏蝉 ………………… 160
落叶 ………………… 161
枯枝 ………………… 161
50周岁生日 ………… 162
诗友会题诗 ………… 163
诗友会后感言 ……… 164
游滨河公园有感 …… 164
乡情 ………………… 165
失意时节自勉 ……… 165
题画 ………………… 166
静思 ………………… 166
刘大勇提 …………… 167
羡儒和 ……………… 167
泳坛赞 ……………… 168
唱 …………………… 168
和 …………………… 169
感慨 ………………… 169
为大正师骑行宝岛台湾作
……………………… 171
抒怀 ………………… 171

阅兵仪式有感二则	172	童心未泯	185
怀柔农家小院记	173	贺港珠澳大桥	186
听雨	173	金庸先生仙逝	186
踏雪寻梅	173	半百人生	187
叹屈子	174	安	188
史话	174	辞旧迎新	188
品茶	175	除夕·守岁	189
乡愁	175	花朝节	189
雨巷	176	梁山感怀	190
东湖港	176	偷闲	190
晚霞	177	赋闲	191
酒后	177	晚霞	191
与友相聚	177	庆祝中华人民共和国成立70周年	192
酒醉独行	178	国家公祭日	193
赞女排	178	峨眉山雀舌	193
品茶二则	179	武汉加油	194
思悟	180	送瘟神	194
小年	181	偷得浮生半日闲	195
金鸡拜年	181	归隐	195
清明踏青	182	洋槐花开	196
观《人民的名义》有感	182	病中记	196
晨趣	183	问月	197
雨夜酒后自嘲	183	追忆	197
玉露·晨阳	184	怀思	198
贺大哥新书出版	184	中秋月	198
北京的蓝天	185	寄情山水	199

和汪师	199	白露	221
和永年弟	200	秋分	222
与友游千灵山感	201	寒露	222
无题	201	霜降	223
峨眉山的冰杜鹃	204	立冬	224
细雨	205	小雪	224
回顾 2015 年	206	大雪	225
古桥遐思	207	冬至	225
琉璃河古桥	208	小寒	226
爽约的雪	209	大寒	226

诗词·节气篇

诗词·辞赋篇

立春	213	踏莎行	229
雨水	213	水调歌头·咏怀	229
惊蛰	214	晨曲	230
春分	215	鹊桥仙·银婚塞上	230
清明	215	愁无绪	231
谷雨	216	踏莎行·七七事变	231
立夏	217	唱	232
小满	217	和	233
芒种	218	夜	234
夏至	219	田园	234
小暑	219	忆	235
大暑	220	临江仙·望月	235
立秋	220	临江仙·月夜	236
处暑	221	感怀	236

浣溪沙 …………… 237	临江仙·望海 …………… 243
清平乐·春花 …… 238	永遇乐·五十三诞 ……… 243
看海 ……………… 238	西江月·三十一年婚庆 …… 244
采桑子·重阳 …… 239	浪淘沙令·支架 ………… 244
蝶恋花 …………… 240	西江月·逍遥楼 ………… 245
南乡子·登太行 … 240	西江月·清明 …………… 245
难得糊涂 ………… 241	蝶恋花·伤春 …………… 246
清平乐 …………… 241	清平乐·乱花浅草 ……… 246
踏莎行·元阳梯田 … 242	鹧鸪天·冬至 …………… 247
青玉案·立春 …… 242	

序一

赵国培

面前是一部厚厚的书稿，足足有 200 多页。书名《情思追忆》。

我没有见过作者本人，而且我永远也见不到他了。但我对他——金融从业者、业余诗人孙玉桂老师，并不陌生。而且从某种程度上来说，我很熟悉他。因为近几年里，我读了他不少诗篇，并从中挑选了若干首，分为几次发表于北京市海淀区文联主办的《稻香湖》诗刊。说来惭愧，这本很有渊源、很有故事的诗刊，我作为责任编辑，操持了好几个年头了。

孙玉桂老师的诗作，我很喜欢：主题健康向上、正气阳光，诗风平易大气、行云流水，诗句凝练质朴、平易感人。这一切，深深打动了我，也打动了不少读者。我深信，待这本诗文集面世后，还会打动更多的人。

我从他女儿口中得知：他年富力强，正当一个人如日中天、大展宏图的最好年华。我常想，就是在这样工作、生活两副重担一肩挑，岗位、家庭两不误的忙忙碌碌、辛辛苦苦之中，还忙里偷闲、苦中作乐地写下了这么多诗篇，等到年过花甲、正式退休之后，负担减轻了，一身轻松了，会有更多的时间和精力投入自己挚爱的文学创作当中，该会赢得多大的丰收、多大的喜悦啊。

这是多么遗憾、痛心的事啊！就在今年大年初一，也就是农历春节的第一天，这个阖家团圆、举国欢庆的日子里，万恶的突发疾病，生生夺走了他依然活力四射、朝气蓬勃的生命！年仅 55 岁啊，在当今日益明显的老龄化社会中,是多么年轻啊!

上天不公!

他的女儿——我的前同事,一位敬业、活泼、美丽的新闻记者,忍着巨大悲痛,收集整理了父亲的大量诗文,编选了这部书稿,既用于告慰父亲的在天之灵,也寄托自己及所有亲人、朋友对逝者的无尽思念。我想,玉桂老师可以含笑九泉:有女如此,为父何求!

孙洁同志嘱我作序,悲痛、惋惜之中,写下以上文字。我想对玉桂老师说:在您生前,我们素未谋面,但有文字之交,可谓文朋诗友。如今,您已远去,但有这部诗文集存在,更使我们成了永远的朋友、永久的知音。

2021 年 3 月 1 日

忍痛于海淀皂君庙

序二

孙洁

为爸爸出版文学作品集的念头已有多年,这些年也时不时总幻想,待爸爸60大寿时,一本由我与出版社编辑老师一起精心设计、散发着油墨清香的正式出版物,作为礼物呈现在他眼前的时候,他该有多么欣慰与自豪!因此,每当他写出新作时,我就会暗喜:"嗯,不错,出书的素材又多了一篇!"

随着爸爸的创作热情水涨船高,作品一篇接一篇问世,我再也按捺不住心中密谋的大计了:"为什么非要等到60岁生日再出书呢?今年生日就要行动起来!"

关于此书由谁作序,爸爸年前在海南度假时我特意致电询问,在我心里,爸爸的这些作品十分厚重,需由一位文学造诣深厚、德高望重的大家作序,但没想到,爸爸今年春节突发疾病离世,此篇序言也因此成了我写过的时间最长的文章……三七、五七、60日、100天、中元节、寒衣节,在每一个特殊的日子敲打下这些文字,泪水不知不觉就模糊了双眼……

本书结集了爸爸从2015年起至离世前的绝大多数作品,它们中有的是爸爸纵情山水间的有感而发,有的是爸爸年过半百的禅意感悟,有的是爸爸对家乡亲人的无限眷恋。如今细细品悟,每一篇散文、每一首诗词都饱含着爸爸对生活发自内心的热爱。在这里要感谢出版社编辑老师——把这些作品进行了分类、修改,更要感谢爸爸常年笔耕不辍,为我们留下了这份宝贵的精神财富!

本书最终定名为《情思追忆》,期冀这本书可以寄托大家对爸爸深深的思念,在字里行间再一次了解爸爸的思想、感受爸爸的才情。

尽管世界上没有真正的感同身受,但我可以想象得到每一位思念爸爸的亲人以及爸爸的挚友,手捧品读这本书时心中的痛楚。电影《寻梦环游记》里说"死亡不是生命的终点,遗忘才是",我们永远思念爸爸。

借此书出版之际,也要对所有关心我们一家人的长辈和朋友,再次道一声:"感谢!"

最后我想对爸爸说,我知道,耳畔的风、山间的云、天上的星,都是您在陪我,您永远是我的榜样!我们一定不会辜负您的期望,好好工作、生活,请您在天国安心快乐!

2021 年 11 月 5 日
终笔于朝阳区安华里

札记篇

札记篇

母亲节感言

近年来,一些洋节在国内不断升温,大有喧宾夺主之势,本人对此一直颇不以为然。唯有对母亲节没有半点微词,诚心诚意地接受,并总能触动心中最柔软之处。今天,又值母亲节,各种歌颂母亲、怀念母爱的诗词文章在朋友圈中频频出现,读来感人肺腑,催人泪下。老母亲仙逝已近4年,生前点点滴滴,音容笑貌俱现脑海,恍如昨天。子欲养而亲不待,不禁痛彻心扉,泪洒胸襟。摘《诗经》数句,平复思亲之痛。

哀哀父母,生我劬劳。……无父何怙?无母何恃?

札记

一

自入伏以来，我因畏暑热，一直没有晨练。今晨早起，我感觉天气十分凉爽，遂去锻炼。我走出楼道来到街上，阵阵凉风袭来，好似深秋一般，顿觉神清气爽，好不惬意！

晨练后，我归家洗漱、吃饭，未觉异常。正点上班，忽困意大发，双眼迷离。而后眼中闪烁如亮灯钨丝般光圈，我心中暗道：不好，可能感冒了。

小憩一会儿，我的眼不再花。感身体之脆弱，禁不得热，受不得凉。莫非纸糊乎？聊以为记。

二

我结束一天的工作，回到家里，因天气热，懒得开伙。与妻子商量，步行去离家1千米的炖牛肉小馆就餐。为免打扰，故意不带手机，并与妻子说好餐后直接去滨河公园遛弯儿。

一切按计划进行。快吃完时，我们偶遇了原来单位的两位老同事，难免寒暄问候。吃过饭，我们告别同事，前往公园。两个小时后我们回到家，见手机中几个未接电话，都是在餐馆遇到的朋友打来的。我心想，他准是喝多了！于是给他回电，他告诉我我把一对文玩核桃丢在餐馆了，出去追我没有追到，打电话也不接。哈哈，看来不带手机会闹故事的，用老眼光看人更不对。

七夕思母

我的脑海里好多动人的传说故事,都是从母亲那里听来的,如女娲补天、嫦娥奔月、二十四孝……当然少不了牛郎织女的传说。

今天,又是七夕了。我伫立窗前,凝望青空,勾起了对母亲的深深怀念。一幅场景,浮现眼前:葫芦架下,母亲坐在板凳上,摇着芭蕉扇,驱赶着蚊子。我趴在母亲的膝盖上,听她娓娓道来,织女如何自嫁牛郎,王母娘娘如何狠心棒打鸳鸯,用金簪划出一道银河,牛郎、织女隔河相望。每到七夕喜鹊搭桥,牛郎、织女相聚一次。

母亲是个见过世面的人,年轻时在京城生活了十几年。母亲上过识字班,学习过裁剪缝纫,经历过太多的事故变迁,经历了太多的风风雨雨。20世纪50年代,母亲来到农村老家,生活的艰辛坎坷,我不想多说。

母亲性情刚烈,疾恶如仇,用俗话说就是眼里容不得沙子,一就是一,二就是二,不管什么人,只要有错误,就当面驳斥对方。尤其是村里的大小干部,别人不敢说,她敢说。但母亲心地善良,古道热肠,体恤乡邻,济贫扶弱,在乡里有很高的威望。

母亲酷爱洁净,当年农村都是用煤火炉子,难免灰土狼烟。但我家总是窗明几净,一尘不染。母亲每天用水冲刷多遍青石板地,钱柜、条几、瓷器、桌椅,擦拭得都包了浆,锃光瓦亮。每天她不知要打扫多少次院子。

母亲绝对是十里八乡出了名的巧手能人,是全村唯一一位会裁剪、懂缝纫技术的高手。她凭借一台从城里带回的缝纫机,为上下连村的很多大人和小孩做过衣服。乡亲们拿来布料,母亲量体、画样儿、裁剪、缝纫。尤其是逢年过节,家家都要添置新衣服。为了让大家在节日里穿上新衣,母亲常常夜以继日地赶活儿。20世纪70年代之前家乡还没通电,在昏暗的煤油灯下,母亲踩着缝纫机,一干就干到天亮。当时加工一条裤子两角钱,一件上衣五角钱。遇上贫苦的乡邻,母亲不仅不收钱,还要贴上兜布和线,感动得他们眼含热泪,许多年后仍然念念不忘。当时全家八口人,父亲每月的工资三四十元钱,除父亲外没有壮劳力,如果没有母亲的这门手艺和持家有道,真不知能否熬过那艰难的岁月。

母亲做的饭菜出奇地好吃,当年农村主要以粗粮(玉米、红薯)为主。大部分家庭每天糁子粥、窝窝头、贴饼子老三样儿,吃得我的那些伙伴不胜其烦。但同样的粗粮放在母亲手里,粗粮细做,花样百变。再配合父亲每月的十几斤白面,摇球儿、板儿条、丝糕、发糕、枣糕,使让人生厌的玉米面变成了人间美味。炒菜就更不用说了,即使是野菜、瓜尖儿、瓜花、白薯叶儿,在母亲手里也能做得色香味俱全。母亲的烹饪技术真是一流的。

夜深了,妻子已沉睡入梦,我收回思绪,祈祷母亲在天国安息。带着对母亲的深深思念,我睡了。

秋感

我辗转反侧,夜不能眠,于是盼着天亮。

人们都说,秋天是容易让人多愁善感的季节,会不由自主地悲秋。到底是伤感草木凋零、万物凋敝,还是感伤韶华易逝、青春短暂,抑或是……不知道,说不清楚,反正睡不着。

凌晨4点不到,怕吵醒家人,我蹑手蹑脚地起床,把衣服抱到客厅穿好,走出家门。

天空,半轮明月洒着清辉。抬头观望,以月亮为中心,形成一个大大的、圆圆的晕圈儿,好漂亮!然而仔细看,圈内变成了三维立体图像,是一个深不可测的大洞,好深好深,周围的一切都开始变得渺小,那洞好像要把一切都吸进去,包括我,太恐怖了!悲怆和孤寂感油然而生。我赶紧收回目光,低头又见自己的影子长长地、孤独地映在路面上,心情更加沉重。

是漫无目的地前行,还是心灵召唤着去某个地方?我不知道,只是孤独地走着……脑子里不时闪现出种种幻象。嫦娥仙子从月宫飘来,对我说:"怎么?睡不着吗?跟我到月宫来看看吧。"我说:"不去,那里太冷了。"于是她款款地飞走了。

佛祖突然出现在我面前,当头棒喝:"缘起缘灭,皆由心生。人生一世,草木一秋,因果循环,皆有定数,你愁什么?悲什么?"我猛然惊醒,好像悟出什么,又好像没有,但终究醒了,沿着长长的甬道,向公园深处走去……

父亲·我·银杏树

昨天,侄女发来一组照片,是家乡河北镇政府院内的那棵银杏树。树冠巨大,枝繁叶茂。时值初冬,那扇形的树叶,一部分挂在枝头上,满树金黄,美不胜收;一部分落在地上,如碎金铺满院落,富丽堂皇。凝神相望,我不禁潸然泪下。

一幅画面浮现于眼前,银杏树下,高大魁梧、慈眉善目的父亲,用他温暖宽厚的大手,拉着天真淘气的我,寻找地上的白果……我的童年,就是这样被父亲牵着手,在这个院落里,伴随着这棵银杏树的荣枯轮转,慢慢成长的……

河北镇政府所在地,历史上是一座叫胜泉庵的寺庙,应是建于明正德年间(1506—1521),由于历史的变迁,已经面目皆非。依据遗存判断,胜泉庵应有三进:一进为山门殿和钟鼓楼,早已无存;二进为主殿和东西配殿,现仅存主殿三间;三进高居于一个高台上,背依绝崖,著名的铁瓦殿便坐落于此。寺庙坐北朝南,靠山面水,一股清泉由后山中汩汩流淌,沿暗沟穿过寺庙地下,又从寺前的石窦中流出,汇入大石河,人们在此建池蓄泉,称为"圣泉"。这棵银杏树便生长在主殿的院中央,树的直径约 2 米,树冠高 40 余米,享有"铁瓦宝树,银杏之祖"的美誉。

其实,早就想动笔写写自己心中的父亲。但父爱如山,以至于每每提笔,每每无以成文。如今父亲已经去世 25 年了,而子欲养而亲不待的痛仍在我心中,挥之不去。

在我的记忆里,父亲是这个世界上最勤劳、最善良、最正直的人。他是在新中国成立前入党的,是村里第二任党支部书记。他是河北公社林场和河北信用社的创始人。

父亲一生从来就没有清闲过,足迹印遍了河北镇十几个村庄的每个角落。作为信用社的创始人,他拎包下乡,走门串户,上门办公,各村老辈儿的人都和他很熟悉,十分信任他,放心地把积攒的钱交给他。当时连自行车都没有,全靠步行,最远的村子要走十几千米,有的还要翻山。他就是靠着诚恳和执着,使信用社逐渐壮大起来。他的事迹也和供销社的背篓商店、邮电局的红色邮路一样,在农村金融系统中载入史册。

我对这棵银杏树的记忆,始于信用社和公社在一个院里办公时,也就是在这棵银杏树下,我从记事到小学毕业,度过了大约10年的时光。银杏树见证了父亲给予我的深爱,见证了我从幼年到童年,在父亲无微不至的呵护下,我所度过的无比快乐的时光。

那时候,父亲经常带着我到单位,和他一起值夜班,我们就住在银杏树下的房子里。白天,大人们上班工作,我便满公社大院里玩耍,办事组、政治组、电话室、司机班。我最爱去的还是电影放映员的工作间,看他试机和倒胶片。我在银杏树下捡树叶、捡白果,去铁瓦殿、和尚塔寻找圣泉的源头……晚上,父亲帮我洗脸、洗脚,我和父亲挤在一张单人床上,似懂非懂地听着父亲读着报纸睡去。

怎能忘,曾经多少次,父亲从食堂买来馒头和炒肉给我吃,自己却吃窝窝头和咸菜?

怎能忘,父亲起早捡回白果,洗净晾干,在炉子上烤熟,那味道,曾引来多少小伙伴儿羡慕的目光?

怎能忘,父亲带着我去公社旁的新华书店买小人儿书,《沙家浜》《红灯记》……去供销社买江米条、糖豆、大米花儿?

怎能忘,每到春节,父亲发了几张一毛、两毛的新票儿,带我一起去买100响的小红鞭?

怎能忘,父亲教我背《三字经》《千字文》《名贤集》,一句一句地讲解,讲做人要诚实、善良、勤劳,讲举头三尺有神明,人在做,天在看。

太多太多的回忆,不但没有被这逝去的岁月消减,反而越来越深、越来越浓,如同这棵银杏树一样,坚韧、深沉、顽强地扎根在这里,对父亲的记忆也久久地深埋在我的心里……就像刘和刚的《父亲》所说的:"这辈子做你的子女我没有做够,央求你下辈子,还做我的父亲!"

一直沉浸在思念父亲的情结里,面对着侄女发来的照片,我久久不能平静……

> 钟灵毓秀赞故园,嘉木择居五百年。
> 冠高接云揽日月,根深入地汲甘泉。
> 春青滴翠凝碧玉,秋黄耀金洒万钱。
> 曾栖宝地养道气,受益终身好仿贤。

辞旧迎新

数日的雾霾,让人更加思念曾经的明媚阳光,望着桌上仅剩的一张周历,时间仿佛瞬间到了2015年的最后一个周末,一丝伤感涌上心头。

这一年虽平淡无奇,但不平庸;虽略有成就,但不辉煌。总公司实现了跨越式的发展,向着已经构建好的蓝图突飞猛进。时光,带走了曾经的勇猛。知天命的年龄,赋予了更多的沉稳。岁月,掠去了浓密的黑发,留下了两鬓繁霜。

这一年,闲暇之余,我去了不少地方。1月,公司组织旅游,体验泰国异域风情和碧水白沙。

春节,我与家人欢聚三亚,休闲度假,其乐融融。

五一,我与朋友挑战白石山玻璃栈道,激情四溢。

端午,我观赏宁武万年冰洞,感受大自然的神奇造化。

十一,贵阳之行,黄果树瀑布震天的雷鸣触动我的心灵,荔波小七孔的旖旎风光让人流连忘返。

这一年,最忆,家乡的小河和河岸上幸福的童年;最念,铁瓦禅寺的圣泉和银杏树下的牵手;最恋,六石路上的大山和山中红果树下的绯红;最想,千灵山峰和峰顶擂鼓寄托的祈盼。

韶华易逝,半百人生,少了清浅的幻想,多了深刻的担当,轻了激扬冗繁,重了沉稳简单,有了任尔东南西北风的坦然。

带上不以物喜、不以己悲的达观,前往2016年,翻开新的篇章……

四季

迎着和煦的春风,唤醒沉睡的寒冬,醒来啦,春来啦!万物复苏。

雅室兰香,春色满园,一年之计在于春。踏青,访兰,生机勃勃,仿佛少年。

"小荷才露尖尖角,早有蜻蜓立上头。"

夏荷怒放,热烈奔放。徜徉于曲岸廊桥,听蛙叫蝉鸣,好不热闹。

家乡古老的银杏树,此时的风采最为突出。承载着儿时的美梦、童年的幸福。

秋高气爽,满目缤纷,五彩斑斓,最重红黄。收获的季节,暗隐秋伤。

冬雪漫天飞舞,万物萧条,只有蜡梅凌寒独放,然而这是厚重的收藏。那皑皑白雪所覆盖的,是蓄势待发的力量。

悼兄文

呜呼悲哉!

吾兄逝矣,痛彻心扉!浥水盈泪,太行含悲。苍天霾雾凝沉痛,大地融冰泪雨飞;千呼万唤终不应,英灵西去何时归?

吾兄去矣,痛彻心扉!人间何狠不留君,天宫何事急急催?点点滴滴思往事,珠泪涟涟忆生平,怎不叫人心痛如椎?

呜呼吾兄,溘然长逝,寿六十八。留后有三,二女一男。两弟三妹,长兄如父,做弟弟、妹妹之羽翼,言传身教,不遗余力。严慈有度,育三个儿女皆成人,呕心沥血。曾为苦力,拖病躯与壮汉比肩,不落人后;曾为会计,必精打细算为集体,廉洁奉公;曾为村主任,忠父老乡亲之所托,服务于民;曾涉商海,必童叟无欺,互惠互利。

幼年家贫,小病成疾。少年老成,志在千里,发愤兴家,殚精竭虑。命途多舛,磨难频生,避体力之弱势,扬智慧于平生。观史书以汲精华,振兴家业。遵古训以结善缘,惠泽邻里。生性刚毅,性情秉直,屡遭小人构陷,不改初衷。与人为善,扶弱济贫,德高望重,终受四里八乡爱戴。性喜游览,名山大川广留足迹,名胜古迹多印雄姿。笃爱文史,博学多才,照先贤检点行为,以《史记》警醒人生。

呜呼哀哉!寥寥数语,难表悲痛,兄自安息,后继有承。嫂侄之事,自有弟、妹。遵兄遗愿,同心协力,家道必兴!

游览篇

家乡的小河

忙了一个上午,抬眼一看,已到了午饭时间。然而,我没有一点儿食欲,只想出去走走,又想不出去哪儿。茫然间,想起昨天朋友发来照片,告知我家乡干涸了多年的小河终于有水了,于是便有了去处。我驱车近半个小时,回到了家乡河北镇李各庄村的小河边。这条小河属于房山区的母亲河——大石河流域。

自2012年7月21日暴雨引发洪灾后,整个大石河流域全面疏浚治理,拓宽河道、加固堤坝,流经的每个村庄都架起了标准、结实的水泥桥。有的河段还进行了防渗处理,筑起了橡胶坝。可喜的是,桀骜不驯的大石河不再惧怕洪水泛滥;遗憾的是,它已完全失去了儿时那原始自然而美丽的身姿。

我坐在河堤上,望着平静的河面,它当年可亲可近的模样占满了我的思绪。夏天,我们几个淘气的小伙伴会光着身子整日泡在河里,泡累了,便来到蓝天白云下的鹅卵石上晒干。不知不觉间,我学会了狗刨,也学会了自由泳、蛙泳、仰泳。我们在河里摸鱼,有时会摸到癞蛤蟆,有时会摸到小王八,它们奋力挣脱,着实会吓人一跳。冬天,河边初冻,我会揭起比玻璃还透明的冰凌,放入口中,那感觉清洌甘甜,比冰棍儿还好吃。河面封冻后,我会用自制的冰车,和小伙伴们一起在冰面上滑行……

一辆农用车从身边驶过,唤醒了我对儿时的回忆。一看表,该回去工作了。

秋天的味道

秋分了，夜长了。早晨5点钟我下楼散步，天刚刚有一点儿亮。由于夜里下了场雨，感觉有些清凉。仰望天空，繁星点点。

尤其是东方那颗明亮的启明星，格外醒目。空气好清新啊！每天晨练，我都是疾行，由于昨天醉酒，今天我走得特别慢。人懒懒散散地走着，思绪也随之飘散。

踩着地上七零八落的落叶，我想公园围栏的那些月季花在昨夜的秋雨后会不会凋零呢？园内满地的黄菊花会不会在雨的滋润下更加娇艳可人呢？

果然，我到达公园后发现，沿着花篱墙，满地落英，片片月季花瓣儿散落在地上，化作泥土，还可以护花呢。枝上几乎没有完整的花朵，满目秋伤，悲秋之情油然而生。唏嘘之余，缓步前行，一片金黄映入眼帘，朵朵菊花争芳斗艳，美不胜收。心情随之开朗起来！

是啊，大自然是神奇的。四时有序，时令分明，物种也按照自然规律兴衰往复，人亦如此！生亦何欢，死亦何悲？只不过都是匆匆过客而已。所以应不以物喜，不以己悲，一切皆有定数。

所谓人定胜天，不过是痴人说梦罢了。

黄果树瀑布游记

记不清是小学几年级的语文课本,其中有一篇文章图文并茂地介绍了黄果树大瀑布。从那时起我就有一个愿望,将来一定要到黄果树瀑布前,体验一下飞溅的水滴落在脸上的感觉,一定清爽极了。

十一长假,我来到贵阳,2号清晨即驱车奔赴向往的地方,不到9点,我便到达景区停车场。我转乘观光车沿山路崎岖而上,再步行顺指示牌寻找,耳边不断地响起隐隐的轰鸣声,却看不见瀑布的身影。随着距离越来越近,轰鸣声也越来越响,我拐过一个山坳,但见万练飞空,捣珠迸玉,如银河之水倾泻而下,似万马奔腾,山崩地裂!大瀑布就在眼前了。我瞬间惊呆了,虽然心里有所准备,但此时我的脑海里只有"雄浑壮观""刚美震撼"两个词在萦绕,竟再也想不出别的词了。

缓步及近,瀑布下的犀牛潭被水雾覆盖。珠雾腾空,水滴四溅。阳光折射,彩虹隐现。游人们纷纷撑起雨伞,穿上雨衣,我却故意仰面向天,感受那丝丝水雾带来的沁人心脾的清凉。

伴着雷鸣般的声响,任丝雨洒落我身上。我沿着观光甬道攀爬到瀑布的半腰,这里竟别有洞天,一条长达134米的水帘洞拦腰穿过瀑布后面,由洞窗、洞厅、洞泉组成。在洞内观看大瀑布,更加惊心动魄。

据查证,形成黄果树瀑布的叫白水河。黄果树瀑布高77.8米,宽101米,因本地广泛生长黄葛、榕树而得名,以水势浩大著称,是世界著名的大瀑布之一。

由水帘洞出来,踏上归程,心情久久不能平静。想起游览时一对父子的对话,父亲可能是受到了震撼和启发,问看着不满十岁的儿子:"世界上什么力量最大?"儿子回答:"不知道。"父亲告诉儿子,是水。

是啊,见过九寨沟色彩斑斓、明秀无比的水,也见过江南水乡轻舟慢橹、恬静柔弱的水,今天见了黄果树大瀑布的水,我由衷地感受到了水的力量、水的气度、水的阳刚、水的震撼!

美丽的荔波，神奇的地方

常常在电视上的风光片中看到这样一个景象，几个身着盛装的少数民族姑娘，撑着花纸伞，婀娜地走在一座七孔的古桥上。桥下的碧水中倒映着她们美丽的身影，那水如镜子一样平静、明亮。桥面上长满了青苔，两岸浓郁的翠绿掩映着古老的石桥。真的是世外桃源，人间仙境啊！这就是荔波的小七孔景区。

荔波位于贵州省东南部，全县面积2431平方千米，人口18万。其中少数民族占总人口的92%，主要有布依族、苗族、水族、瑶族。

这里山清水秀，气候宜人，是贵州第一个世界自然遗产，国家生态旅游示范区。

今天，我满怀激动地游览了小七孔景区，喀斯特地貌造就的自然美景令我流连忘返，少数民族沉淀的大山文化与独特的风情让我激动不已。

于卧龙谷看潭观瀑，于鸳鸯湖轻桨荡舟，于古石桥体验民族风情……真是目不暇接，美不胜收，大自然洗涤了我凡俗的身体和心灵，如能在此终老该有多好啊！

西江千户苗寨

没有车声,没有人语,与都市比起来,这里的夜好静啊。已经好多年没有睡得这么香了,一觉睡了7个小时,对于每天只睡4个小时的我来说几乎是奇迹。最主要的,我是被雄鸡高亢的报晓声唤醒的。谁还记得,自己最近一次被雄鸡唤醒是在哪一年?哪一天?

西江千户苗寨位于贵州省雷山县东北部,居住着1300多户6000余人,苗族人口占95%。这里是中国历史上苗族五次大迁徙的聚居地,距今已有1700多年的历史,为中国独有、世界独存的苗族最大的聚居地,是世界上最大的苗寨。

这里四面环山,层峦叠嶂。白水河穿寨而过,将苗寨一分为二。寨内吊脚楼层层叠叠,依山而建,又连绵成片,气势恢宏,形成了最具特色的背靠青山、脚踏玉带、一水环流的美丽景色。苗族的传统风俗都在这里世代相传,是保存苗族原始生态文化最完整的地方。

苏梅岛之旅

为避30年一遇的寒潮,公司组织全体员工及部分家属前往泰国苏梅岛休闲度假。我们出发时北京天寒地冻,气温-15℃,苏梅岛却是烈日炎炎,高达30℃,两地温差45℃,真正体会到冰火两重天的滋味。

苏梅岛位于泰国湾,面积247平方千米,是泰国的第三大岛。

苏梅岛周边有80多个岛屿,大多无人居住。岛上生长着很多椰子树,因此又称"椰林海岛"。20年前,没有游人打扰这个宁静、秀美的小渔村。不知哪一年,几个欧洲人搭乘从曼谷来运椰子的小木船到这里,看到美丽的海滨和白色的沙滩,都惊讶不已!消息不胫而走,游客渐渐多起来。苏梅岛有舒适细软的沙滩、佛寺、漂亮的瀑布、浓密的热带雨林。与开发成熟的普吉岛相比,这里保留了更多的原始生态、淳朴风情。乘船去游览周边无人居住的热带原始岛屿,领略自然美丽的人间仙境,让人终生难忘。

酒店坐落在距海滨不足200米的地方,热带林木茂密,遍植兰花、三角梅及许多叫不上名字的花草。清晨,各种小鸟婉转啼鸣,轻吟浅唱。树上,松鼠上蹿下跳,活泼可爱。房前的水池中,雍容富贵的锦鲤自由自在地游弋,往来穿梭。空气清新湿润,置身于此,尽情地享受大自然的馈赠,心旷神怡。

因本次是自由行,以休闲度假为主,所以时间安排得比较松散。每天我们睡到自然醒,消除久积的工作压力和劳顿。醒来之后,有的在酒店洁净漂亮的游泳池里游泳戏水；有的到海滨沙滩上漫步观海，尽情欣赏和享受碧绿的大海、柔软干净的沙滩。蓝蓝的天空上飘着朵朵白云，海风送来湿润舒爽的空气，是那么清爽怡人。美丽的热带植物比比皆是，各种奇花异草斗艳争芳。

体验异域的风土人情，品尝当地美食是必不可少的。在晚餐过程中有一个有趣的小插曲，我们从家乡带来的牛栏山二锅头引起了饭店老板娘的浓厚兴趣，她品尝一口后，竖起大拇指连连称赞，并恳求我们一定要把空酒瓶给她留下做纪念。

餐厅紧邻大海，早餐后坐在这里观海，阳光暖暖地照在身上，心中充满了惬意和满足。一只可爱的猫咪，配合我们悠闲的心情，慵懒地趴在桌子上。

午后，我来到海滨浴场游泳，海风习习，波涛汹涌。因是农历十五，潮汐的作用使得今天的海浪很大，足有 2 米高。翠绿的海水从大海的深处层层涌来，接近浅滩时翻卷成银白色的浪花，冲击着沙滩，后浪推前浪，前浪接后浪。来此度假的大多是西方人，他们整天躺在沙滩椅上，有的看着书，有的睡着觉，尽情地享受着明媚的阳光、和煦的海风，把皮肤的颜色晒成深深的古铜色。从他们惬意满足的神情里可以看出，苏梅岛美丽的景色和舒适的环境，使前来此地度假的人们感到了幸福和快乐。

今天我计划去涛岛，早上下起了雨，7 点我乘车到码头，上船后因浪大，摇摆颠簸得厉害，船未行即感不适。行驶 10 分钟，大部分人都已出现晕船现象。船行半小时到南园岛靠岸，通知说因浪太大无法再去涛岛。谢天谢地，如果能去还须船行一个多小时，晕船的感觉太难受了，恨不得跳进海里游回去，去不了正好！原路返回后，我到酒店睡觉，睡了几个小时才缓过劲儿来。我睁开眼，已近下午 5 点，到街上吃了点儿东西，回来又躺了两个小时，彻底精神了。这时听见海涛声震如雷，如千军万马奔腾而来。于是我来到海滩一看，惊呆了！终于见到了大海的威风，巨浪排山倒海，汹涌澎湃！浪高足有丈余，仿佛海啸一般，气势磅礴，使人想要逃，风平浪静时玩耍的沙滩、礁石均已不见，被海浪吞噬了。长这么大，第一次见到这么大的浪，我被深深地震撼了，见识了大海的巨大能量，由衷地佩服祖先的组词表达能力——惊涛骇浪。

  寒暑岂隔一季远？万里行程半日遥。
  踏冰履雪声犹噤，丽日椰林热雨飘。
  昨拥厚衾围炉坐，今着薄衫赏兰娇。
  海碧沙软冬如夏，思量家乡朔风萧。

锡惠春早

经过了除夕的团聚,看过了春晚,燃放了烟花,年味儿十足,热闹非凡!初一,相互拜年,吃饺子,玩牌。忽然感觉总在吃吃喝喝,有些厌倦了。于是,我决定出去走走。去公园的路上看见火车呼啸而过,突发灵感,来一次说走就走的旅行。于是我便上网查高铁路线,最后决定去无锡,随后订了往返车票、酒店、租车,一切就绪,明早出发。

初二早晨 7 点 30 分我从家里出发,到北京南站乘坐 9 点 17 分发往杭州东的高铁。根据以往经验,到南站怎么也得用一个小时以上的时间,过杜家坎、西道口、张仪村这一段路几乎没有不堵车的时候。然而今天,一路畅通,不到 40 分钟就到了。

高铁上也没有传说中那么多的人,商务舱和头等舱空空荡荡,我坐的车厢 50 多个座位,仅坐了不足 10 人,有乘坐专列的感觉。随着列车往南走,窗外的景色逐渐发生变化。过了山东滕州站后,麦苗已返青,大地在悄无声息地换装。一个人独坐窗前,望着窗外不断变化的景色,思绪也随着飞驰的列车飞扬。

列车 14 点 10 分准时到达无锡,我出站后开上提前租好的车,来到位于市中心的君乐酒店,安排好行李,便迫不及待地赶往计划游览的第一个景点——无锡锡惠公园。

有人说,要想在最短的时间里了解无锡,就来锡惠公园。公园门前是惠山古镇,是典型的江南水乡古镇,集古建筑、文化、小吃为一体,地方特色浓郁。园内珍花异草,江南园林风格的亭台阁榭琳琅满目,目不暇接。

锡惠公园位于无锡市西郊,占地90平方千米,始建于1958年,是一座集众多文化古迹和休闲娱乐为一体的大型园林。园内有寄畅园、天下第二泉、惠山寺、二泉书院等著名景点,是太湖风景区的核心景区之一。

传说无锡是前一段热播的电视剧《芈月传》中芈月的初恋情人楚公子黄歇的封地,惠山的春申涧就是当年黄歇放马饮水的地方。

寄畅园属山麓别墅型园林,占地近1万平方米,以山池为中心,又引二泉伏注,构思奇妙。园内叠石奇特,大树参天,曲院回廊,竹影婆娑,古朴清幽。寄畅园的成功之处在于自然的山、精美的水、凝练的园、古朴的树、奇妙的景。难怪康乾二帝六下江南,每次必来这里。北京颐和园的谐趣园和圆明园的双鹤斋均仿寄畅园建。

天下第二泉,原名惠山泉,称呼源于茶圣陆羽。当年陆羽来惠山访友,居惠山寺,对这里清幽秀雅的景色很是赞赏。饮过惠山泉后,陆羽对清洌甘甜的泉水更加倾心。后陆羽品评天下水,分二十等,惠山泉位列第二,天下第二泉之名从此流传。不过,我知道此地还要归功于阿炳的二胡曲《二泉映月》,当年阿炳常在此处拉琴,死后亦葬在锡惠公园内。如今我站在这幽静的泉边,耳边似乎传来阿炳那深沉低婉、如泣如诉的二胡声……

惠山寺始建于南北朝时期,距今已有1500多年。位于名胜之地,早已随着天下第二泉的声名而名满天下。古往今来,多少文人墨客、帝王将相,经过京杭大运河时,都要在此逗留。

今天是大年初三,按计划游览位于太湖之滨的鼋头渚风景区。鼋头渚是横卧在太湖西北岸的一个半岛。因巨石突入湖中,形状酷似神龟昂首而得名。该风景区始建于1916年,现面积达539平方千米。有充山隐休、鹿顶迎晖、鼋渚春涛、太湖仙岛、江南兰苑等众多景观,各具风貌。在这里览望太湖,烟波浩渺,波光粼粼,初春季节,淡淡的春烟轻笼水面,洁白的海鸥时而盘飞,时而浮游。早在歌曲《太湖美》中听到太湖的美景,今日亲见,果然名不虚传。

    早春正月起游程,日行千里驭铁龙。
    朝在帝都食春韭,午来越地餐小笼。
    寄畅园幽寻旧影,太湖波平觅新朋。
    礼佛灵山静思过,听乐二泉忆琴声。

天津之行

四通八达的高速公路,便捷的交通,大大地拉近了城市间的距离。周六中午吃完饺子,一家人闲坐聊天,女儿和女婿提出想看看天津的夜景,尝尝津门的美食,听听传统的相声。于是一家五口驾车出发(女儿怀着小宝宝),出发时间是下午2点30分,仅仅两个小时,便到达了下榻的宾馆——泛太平洋国际酒店。我已来过天津多次,但目的各有不同,有专为吃狗不理包子逛劝业场而来,有为看航母、洋货市场购物而来,还有为吃海鲜而来……

天津位于华北平原海河五大支流汇流处,东临渤海,北依燕山,海河在城市中蜿蜒而过。记得小时候,家乡的母亲河——大石河发洪水,我站在河堤处观望,不禁发问,这水流向哪里呢?老人们告诉我,它流到天津海河入海。从那时起,我即对天津充满向往。

天津自古因漕运而兴起,明永乐二年十一月二十一日正式筑城,是中国古代唯一有确切建成时间记录的城市。历经600多年,展现了天津中西合璧、古今兼容的独特城市风貌。

不管来没来过天津,恐怕很少有人不知道"天津三绝"的。狗不理包子,因店主高贵友的乳名而得名,每个包子十八个褶,像菊花一样,馅儿足、油多,清香适口。十八街桂发祥的麻花,酥脆香甜,百吃不厌,妇孺皆知。耳朵眼儿炸糕,色泽金黄,外酥里嫩,令人回味无穷。您不要以为炸糕的形状像耳朵眼儿,是因为老店铺挨着耳朵眼儿胡同而得名。另外还有果仁张、煎饼果子、锅巴菜等等,就不一一列举了。

津菜起源于民间，得势于地利，博采众长，独具特色。天津是退海之地，古有九河下梢之说，盛产鱼、虾、蟹，民间素有"吃鱼吃虾，天津为家"的说法。丰盛的咸淡两水资源，造就了津菜厨师烹调河鲜、海鲜的精湛技艺。虽距离北京较近，但菜品的价格会便宜很多，又新鲜，很多北京人都来这里一饱口福，我和朋友就曾经多次专为口腹而来。

天津茶馆相声，如今已火爆全国，成为一种流行文化地标。表演原汁原味，形式贴近群众，票价相对低廉，使得天津茶馆相声越来越火爆。

天津具有一定规模的相声茶馆不下十几家，其中劝业场附近的名流茶馆和估衣街的谦益祥文苑等茶馆，都有百人以上的茶座。在天津从事专业相声的演员有百余人，每天在不同的相声茶馆为观众带来欢乐。我们这次就是在谦益祥听了一场由众友曲艺团表演的相声，并有幸见到了尹笑声、黄铁良两位老先生的精彩表演。

红色之旅

记得当初我读李白的《将进酒》的时候,怎么也难理解"黄河之水天上来"的描绘从何而来,认为诗人太夸张了。后来从电视上,从第四套50元人民币的背景图案上,看到黄河壶口瀑布,有了一些感觉,但毕竟不是亲临现场。我其实早就萌发亲眼看看壶口瀑布壮观景象的想法,可阴差阳错,几次欲往终未果。清明小长假,我下定决心,推掉其他事情,与友一行七人,驱车奔驰千里,先观壶口瀑布,再游革命圣地延安,开始了此次的红色之旅。

壶口瀑布地处晋陕大峡谷中段,300余米宽的滔滔黄河水到此被两岸之山夹住,骤然收束为50余米。奔腾怒啸,山鸣谷应,听之如万马奔腾,震声数里,其形似巨壶沸腾,故称壶口瀑布。我们来到瀑布面前,在阵阵轰鸣中,真正感受到了"黄河之水天上来"的壮阔。滔滔黄河挟雷霆万钧之势,直下百丈悬崖,掀起腾空黄浪,排山倒海,震天撼地。我的心灵受到极大震撼的同时,也理解了诗人当时的心情及诗文的意境。

在感受了壶口瀑布的震撼之后,我们前往革命圣地延安,洗涤心灵,接受革命传统教育。延安位于陕西省北部黄土高原中部,不仅是中国革命圣地,还是国家级历史文化名城。尤其是抗日战争和解放战争时期,是中国革命的心脏,也是几代人魂牵梦萦的地方。我们在庄严的宝塔山上满怀敬意地凝视宝塔;在枣园,杨家岭的一孔孔窑洞故居前缅怀追忆;在南泥湾芬芳的泥土上想象"自己动手,丰衣足食"的壮观劳动场面……领袖和将士们的光辉形象浮现在眼前。

水乡秋韵

　　见过烟花三月、桃李芬芳的江南水乡，但因游人如织，人头攒动，喧嚣纷乱打破了水乡古镇的宁静和安详，也就无法领略古镇深刻的历史内涵。想着秋冬季节去旅游应该人少些吧，于是我就有了此次暮秋时节的周庄之行。

　　我乘坐高铁，用了5小时20分钟到达江苏昆山南站，又乘出租车约一个小时到达入住地周庄水云阁精品客栈，其间飘起了丝丝秋雨，平添了几分秋韵。客栈老板热情周到，详细地介绍了景点情况，并联系购买了门票，安排特色美食，沈家蹄髈、清蒸白丝鱼、大闸蟹……

　　晚餐丰盛可口，晚餐后，雨也停了，我便开始了游览，观看演出和古镇的夜景。演出以四季为主题，演绎了春、夏、秋、冬周庄人民生产、生活、打鱼、种田、劳动、休闲、爱情、婚姻等种种场面。一场演出下来，我对周庄的风土人情和历史沿革就有了大概的了解。周庄的夜景很迷人，沿河两岸缀满了成串的红灯笼，加上五颜六色的霓虹，映入河中的倒影，把水乡装点得绚丽多彩，仿佛将人带进了一个美丽的童话世界。

　　周庄是朴实动人的，以灰瓦白墙为主色调的商铺、民居等建筑错落有致地围绕着运河两岸。一座座古老的石桥沉静在河上，连接着两岸，形成一幅美丽而宁静的图画。

　　水贯穿了整个周庄，流速缓慢，看不出它从何处流来，又流向哪里。道路是窄的,但很顺畅。河道是四通八达的,再弯的水道也好走船。村庄极大程度地利用了水,水也使一个普通的村庄变得神采飞扬。

悠久的历史,造就了周庄独具特色的人文景观。唐代诗人刘禹锡、陆龟蒙曾在南湖园寓居垂钓,江南首富沈万三,在此建有江南民居之最的"七进五门楼"的沈厅。南社发起人柳亚子、陈去病酾酒赋诗的怪楼,画家陈逸夫绘双桥为油画,题为《故乡的回忆》轰动美国……三毛一见周庄就哭了,搂着周庄就像搂着多年未见的祖母。

既以水乡秋韵为题,那么什么最能使人感觉到水乡秋的气息呢?我个人认为就是这满地落花的黄金桂了。一进水乡,鼻息里就充满了浓郁香甜的桂花香气,让人神清气爽,不由自主地深呼吸。那金黄的桂花一半挂在树上,一半落到地下,预示着秋深了,离冬不远了……

镇江行

没来镇江之前,最吸引我的是,这里是中国四大民间爱情传说之一《白蛇传》中,白娘子水漫金山的发生地,那《千年等一回》的缠绵吟唱时常在我耳边回响。再有就是美食,早就听说这里的河豚做得最正宗,还有"三鲜""三怪"久负盛名,对于我这个爱好美食的人来说,那诱惑就别提了。

然而到镇江后,首先震撼到我的却是北固山,这座历史积淀深厚的文化名山。北固山有"京口第一山"之称,远眺北固,横枕大江,山势险峻,因此得名。三国时期刘备娶孙权的妹妹孙尚香,地点就在此山上的甘露寺。苏轼、辛弃疾都在此留下千古名句。毛主席亲笔为北固楼题写了匾额,并手书了辛弃疾的《南乡子·登京口北固亭有怀》的不朽词作。游完北固山,已经是傍晚,用罢晚餐,我便回酒店休息,准备第二天早上8点出发,去游览金山寺。

第二天一早,我准时出发,去金山寺,距酒店仅3000米,原本计划步行的,但下起了淅淅沥沥的小雨,只好打车前往,冒雨游览。金山寺原称泽心寺,亦称龙游寺,位于镇江市西北的金山。

古代金山是屹立在长江中流的一个岛屿,"万川东注,一岛中立",与瓜洲、西津渡呈犄角之势,为南北往来之要道,久以"卒然天立镇中流,雄跨东南二百州"而闻名,被称为江心一朵芙蓉。寺庙建于东晋,是中国水陆法会的发源地,依山而建,遍布满山金碧辉煌的建筑,把山包裹起来,有金山寺裹山之说。家喻户晓的白娘子水漫金山的神话故事即源于此。游完金山,才上午10点,想起西津渡距此才一千米多,应该顺便看看,于是我便冒雨步行前往。

西津渡古街位于镇江城西的云台山麓,是依附于破山栈道而建的一处历史遗迹,是镇江文物古迹保存得最多、最集中、最完好的地区,是镇江历史文化名城的"文脉"所在。社会、科技的发展,环境的改变逐渐削弱了它作为渡口的功能,但活化石般的风貌得以完整地保存下来。它的文化内涵在于津渡文化、宗教文化和民居文化。从古文化街出来,即是镇江市博物馆,我随即进行了参观,更加深入地了解镇江悠久的历史文化。然后我打车到了市中心,逛逛商场,简单地填饱肚子,回宾馆休息,准备明天镇江行的最后一站——焦山。

焦山是"京口三山"之一,以山水天成著称。它位于镇江市区东北,由象山景区、焦山景区、松寥山景区组成。远远望去,宛如一方翠绿的石砚浮在长江中。焦山与金山不同,焦山高大雄伟,金山小巧玲珑。金山以辉煌的塔寺建筑见长,焦山以苍翠的竹木取胜。当地流传着"金山寺裹山,焦山山裹寺"的民谚。焦山名字的来历是因东汉末年,隐士焦光在此隐居。汉灵帝曾三度下诏请其做官,都被焦光巧妙地拒绝,在此地悬壶济世,造福一方。有诗赞曰:"皎皎高贤疑是仙,深心难测孝然边。智推三诏逍遥洞,幽僻山门自在天。云雾阁中宜独坐,蜗牛壳里好安眠。清风袖底如知己,得傍瓜庐又一年。"感谢这场雨让我把焦山的行程放在了最后,我从先贤焦光隐居推诏,找到了心灵的契合点,面对尘世间的种种烦躁、焦虑、诱惑,看开、淡然、放下,以求得内心的平静与安宁。这不正是此次说走就走的旅行的真正意义所在吗?

最后说说镇江的美食,镇江菜属淮扬菜系,最有名的要数河豚、"三鲜"和"三怪"。野生河豚有剧毒,我国古代就有冒死吃河豚的说法,可见河豚的美味有多诱人。由于生态环境的变化,野生河豚几近灭绝,已被国家严令保护,目前能吃到的都是养殖的,毒性小了,但味道与野生的不可同日而语,至少我尝过后认为一般。"三鲜"即鲥鱼、刀鱼和鮰鱼。鲥鱼早在十几年前就非常稀少了,刀鱼境遇也差不多,所以现在的江鲜馆几乎找不到这两种鱼了,尤其是鲥鱼,由于养殖技术没有攻破,更是"一鱼难求"。倒是鮰鱼还常见,此次品尝白汁鮰鱼,味道鲜美,鱼肉爽滑弹牙,特别是汤汁,就两个字,鲜、香。"三怪"即肴肉、香醋和锅盖面,在镇江最为出名。当地流传着"肴肉不算菜,香醋放不坏,面汤锅里面煮锅盖"的民谣。还有"不到长城非好汉,不吃锅盖面真遗憾"的说法。早晨起来,来上一碗热气腾腾的锅盖面,配上两块精美地道的肴肉,再滴上几滴镇江香醋,"三怪"就品尝齐了。另外,我还品尝了当地美食"神仙鸡",酥烂软糯,太美味了。

长滩岛印象

2017年元旦小长假过后,重霾笼罩着京城,天昏地暗。空气中到处弥漫着刺鼻的气味,让人呼吸困难,苦不堪言。

公司有个传统,每年的元旦至春节期间,抽出大约一周的时间,组织大家旅游度假。因为这段时间北京天寒地冻,又值雾霾高发期,所以选择的地点大多是东南亚的热带岛屿。我们先后去过普吉、甲米、苏梅等岛,这次选择的是菲律宾的著名旅游景点——长滩岛。一来在寒冷的冬天,体验一天之内由冬到夏,温差相差三五十度的奇妙感觉;二来至少可以躲避雾霾的困扰,呼吸几天新鲜空气。

长滩岛位于菲律宾中部,班奈岛西北2000米,海水碧蓝,阳光和煦。这里有世界最著名的白沙滩,是菲律宾最著名的旅游名胜地。全岛长约7000米,白沙滩长度就有4000米,沙子如面粉般洁白细腻。较之普吉岛、巴厘岛等旅游名胜岛屿,这里以小巧精致、原生态著称。

圣母礁岩是因当地居民,在一组矗立在海中的礁石上供奉着一尊圣母像而得名。涨潮时礁岩仿佛立在海中央,落潮时露出雪白的沙滩,人们可以走过去朝拜圣母,在礁石上眺望整个白沙滩的秀丽景色,是长滩岛的地标。

星期五海滩是长滩岛沙子最细腻、最白皙的地段,浅滩长远。洁白的细沙浸润在清澈的海水里,使海水像牛乳般,在这里漫步、踏浪,浪漫、惬意的感觉无以言表,仿佛置身于仙境之中。

之所以称为星期五海滩,是因为这里有长滩岛最著名的星期五酒店,沙滩上不知是谁用枯树枝拼写了酒店的英文名字,不小心成了人们"打卡"的一处风景,这恐怕是创作者始料未及的吧。

卢霍山是长滩岛的最高点,海拔 100 米。对于我们这些见惯了高山大川的人来说,它简直就不能称为山。但站在山顶的观景台,可以 360°无死角俯瞰长滩岛的全景,特别是 4000 米的白沙滩,美丽的景色尽收眼底,美不胜收。

长滩岛是世界著名的潜水胜地,吸引着来自世界各地的潜水爱好者来此体验潜水的无穷乐趣。游弋在洁净的海水中,欣赏着五彩斑斓的海底世界,美丽的珊瑚随波摆动,活泼可爱的小丑鱼在珊瑚间时隐时现,犹如到了龙王的水晶宫。

长滩岛的水上游乐项目花样繁多,种类齐全。有惊险刺激的拖翔降落伞,疾速的香蕉船、快艇、摩托艇、单人风帆、单人划艇、深潜、浮潜,等等。最具特色的要数菲律宾特有的螃蟹船,船的两侧有四根伸出去的支柱架,就像螃蟹的脚,因此而得名。特殊的结构使得船行平稳、安全。我还是第一次乘坐完全没有动力,仅靠风帆航行的船只,原来想象它的速度不会很快,但实际上两张帆升起后,它的时速很快,估计超过二三十码,而且相当平稳,真是出乎意料。

今日出海,环长滩岛游览,并在海上浮潜。螃蟹船行至东海岸途中,因几个岛屿错落地排列在这里,形成一个小海峡。海浪骤然加大,波涛汹涌,此起彼伏。螃蟹船在波涛上起起落落,如一片树叶,显得那么渺小,不禁担心它随时可能翻了。

傍晚,将近 6 点钟,落霞满天,渔舟唱晚,金色的晚霞把天空和海水全都涂上了金黄色。出海的渔船、螃蟹船纷纷归来,在落日余晖的衬托下,呈现出一幅美丽动人的图画。置身其中,感觉心都醉了。

水暖沙柔碧岛边,海天一色境如仙。

云飘奇景千峰秀,花绽斑斓百朵鲜。
风送轻帆催绿浪,雨化醇酒醉青田。
洁心洗俗清霾肺,似箭佳期转瞬迁。

古城台儿庄

提到台儿庄,首先想到的是抗战时期的台儿庄大捷。它是中国军队从抗日战争开始八个月来正面战场上取得的第一次胜利,极大地鼓舞了全国人民的士气,打破了日本军队不可战胜的神话。从那时起,台儿庄就是一座英雄的城市,蜚声世界。

古城台儿庄,位于京杭大运河的中心点,隶属于山东省枣庄市台儿庄区,处于鲁、苏、豫、皖四省的交界处。最早建城于秦汉,发展于唐宋,繁荣于明清。清乾隆皇帝御赐"天下第一庄"的美誉。然而,1938年由于日本人的入侵,这里进行了在抗日战争中影响极大的台儿庄战役,古城被日本人轰炸成一片废墟,原貌荡然无存。

现在的古城是2008年开始重建的,占地面积2000平方米,有11个功能分区、8个景区、21个景点。南北交融,中西合璧,其中一段约3000米长的古运河,历经沧桑地保存了下来,是运河文化的活化石。

重建后的古城,成为世界上继华沙、庞贝、丽江之后第四座重建的古城,世界第三座二战城市,全国唯一的海峡两岸交流基地。

古城集运河文化和大战文化为一体,融齐鲁豪情和江南韵致为一城。

古城拥有北方大院、徽派、水乡、闽南、欧式、宗教、鲁南民居等八种建筑风格,总建筑面积37万平方米。我到过周庄、乌镇等江南水乡,与之相比,这里不仅拥有了江南水乡的柔美、玲珑,还兼备了北方特有的豪迈、大气,是名副其实的江北水乡、运河古城。

在这里,你可以漫步于静谧的小巷中;也可以坐上画舫,荡舟纵横交错的水道;或站在古桥上看灯火通明,船来船往。既可以择一处茶室,饮茶读书,又可以在酒吧街纵酒豪歌,释放自己。

战争使这个小城名扬四海,也使它变成了废墟,曾经"无墙不饮弹,无土不沃血"。

说到古城的重建,就不能不提到一个人的名字——陈伟,这位有着双博士学位,2006年新任枣庄市市长的学者型干部,从开发商手中夺回已经花了六个亿正在启动的房地产项目,经过长达3年的调研论证和策划规划,历经千辛万苦促成了古城的重建。当地的老百姓提到陈伟市长,无不充满感激之情。

台儿庄不仅在1938年那场战役中出名,在这之前,它也早就因为京杭大运河的贯穿而成为历代商贾聚集之地。传说,历史上著名的游者马可·波罗,曾慕名三次至此。

作为大陆第一个海峡两岸交流基地,它增进了两岸的政治认同和文化认同。作为爱国主义教育基地,它弘扬着民族主义和英雄主义精神。国民党原主席连战、吴伯雄都到访过这里。

人生有些相遇一闪而过,有些相遇便成永恒。台儿庄,我与你的相遇便成为永恒。去过那么多古迹名城和旅游胜地,能让我还想再去的并不算多,台儿庄就是其中之一。

滇之旅

10月1日国庆节,是普天同庆的节日。然而对我们夫妻而言,又多了一层重要的含义,因为这一天,是我们的结婚纪念日。

30年前,1987年10月1日,从小青梅竹马,生活在一个村子里,6岁时就一起玩儿,一起上小学、初中,又经过6年恋爱的我们,顺理成章地结合了。

30年,在历史的长河中如昙花一现,转瞬即逝;可对于不足百年的人生而言,却意味着人生的三分之一。

30年一路走来,经历了太多的风风雨雨。有过贫穷、疾病、痛苦、挣扎,但我们夫妻二人一路搀扶,相濡以沫,有爱就有希望,有爱就有一切。无论贫穷富有,都始终恩爱如初,共同携手,创建幸福,人过半百,终有成就……所以更多的感受是温馨、浪漫、甜蜜、幸福。

今年的结婚纪念日,我们夫妻二人来到昆明和西双版纳,共享二人世界,重温新婚的幸福。当然要感谢女儿、女婿,还有可爱的小外孙女,牺牲假期和我们团聚,支持我们的温馨之旅,并为我们安排好行程。

金马碧鸡坊是昆明的象征,是昆明的名片,位于昆明市中心金碧广场。东坊临金马山故称金马坊,西坊因靠碧鸡山而称碧鸡坊。原坊始建于明朝宣德年间,在"文革"中被毁,现坊重建于1998年。

最神奇的是60年一次的金碧交辉现象,落日的余晖从西面照过来,将碧鸡坊的影子投到东边的路面上,升起的明月从东面将金马坊的影子投到西面的路面上,两个影子逐渐相接,形成金碧交辉。

南屏步行街与其他城市的步行街相比,给我留下了十分美好的印象。街道宽敞整洁,繁华而不喧闹,现代而不失古朴。特别是满目的鲜花,充分体现了昆明的特色,让人自然联想到"春城无处不飞花"的诗句。

不吃过桥米线,不算来过云南。过桥米线已有100多年历史,是云南最有名的特色美食,而且有美丽的传说。到此自然要来一大碗,大快朵颐。

石林位于昆明市石林彝族自治县境内,方圆350平方千米。又称云南石林,形成于2.7亿年前,是世界喀斯特地貌的精华,以奇、雄、险、秀著称,被誉为天下第一奇观。景区主要分大、小石林,大石林粗犷豪放,雄奇险峻;小石林温婉秀致,如同江南水乡的盆景。

初识石林还是通过20世纪50年代的电影《阿诗玛》,阿诗玛和阿黑哥美丽凄婉的爱情故事打动了几代中国人。"马铃儿响来玉鸟儿唱,我陪阿诗玛回家乡"的动人旋律,至今仍能哼唱。阿诗玛化身的石像,静静地矗立在石林中,含情脉脉地观望着来自四面八方的游客。

昆明西山森林公园位于昆明西郊,紧邻有"高原明珠"之称的滇池湖畔。峰峦起伏,林木苍翠,百鸟争鸣,洞壑流泉,云蒸霞蔚,景色秀丽。西山森林公园的最高峰海拔2507.5米,站在峰顶滇池尽收眼底,昆明市区一览无余。明嘉靖杨慎在《云南山川志》中赞西山"苍崖万丈,绿水千寻,月印澄波,云横绝顶,滇中一佳境也"。

云南的村村寨寨,会聚在风光旖旎的滇池之滨,各民族的兄弟姐妹每天都在这里笑迎五湖四海的宾客,载歌载舞,展现各自的民族特色,这就是云南民族村。刺绣、木雕、赛马、摜牛、泼水节、火把节等多项非物质文化遗产在这里得到发扬。

民族村占地830000平方米,是海内外知名的文化主题公园、全国文化产业示范基地以及云南省非物质文化遗产保护传承基地。置身在民族村内,欣赏着少数民族独具特色的民俗民风和精彩表演,深为我们的民族大团结而骄傲。

西双版纳,理想、美丽、神奇的乐土。这片土地仿佛一直被上苍钟爱,不仅拥有苍翠原始的风貌,更聚集了十几个民族的文化。每一眼都是惊艳与疯狂,有一种美丽,叫作无可替代;有一种旅行,叫作爱上西双版纳。

这是北回归线上翠绿的瑰宝,独有的傣族风情萦绕整个热带雨林,看不完的热带风情,享不尽的宁静空间。雨林环绕隔绝了城市的浮躁和喧哗,仿佛只要有一个音符就会惊扰这静谧的美。我们一路走来,竟会忘记呼吸,眨眼间,那一刻的美便已深深地印入脑海。跟随佛音,漫步雨林,拂尽心上尘埃,只留一片纯净。

寻雪

2017年的冬天,北京一片雪也没下。12月30号,元旦小长假开始了。假期前,我设想了多个寻雪计划,去牡丹江雪乡感受雪的童话世界,去哈尔滨冰雪大世界感受五彩斑斓的冰灯文化,去松花江畔感受奇妙的雾凇树挂,终因路途远、假期短不得已舍弃,最后选择了离京较近的张家口崇礼,来实现寻雪的愿望。

大多人知道崇礼,是因为崇礼被选定为2022年北京冬季奥运会雪上项目的比赛场地,这个原本名不见经传的隐藏在大山中的小镇逐渐被人熟知。而我知道它要早很多,因为我有几个好朋友20世纪80年代初曾在这里当兵,我们在一起时经常谈起崇礼的雪、崇礼的冷、崇礼百姓生活的艰苦以及当地人的纯朴善良。

驱车3个多小时,我和妻子、三姐一行三人,来到了崇礼。然而,映入眼帘的不是挚友们说的窑洞、驴车、羊皮袄,而是一幢幢欧式小楼,商铺林立,宾馆、酒店、户外用品、滑雪用品店,到处弥漫着现代气息,仿佛进入了北欧的小镇。这里有很多家滑雪场,大多是近两年建成开放的,各具特色,吸引着广大滑雪爱好者从四面八方而来。

我们选择了国内首家开放式滑雪场——万龙滑雪场,它位于河北省张家口市崇礼区西湾子镇马厂红花梁和平森林公园内,最高处海拔达2110.3米,垂直落差550米。当然我们并不会滑雪,而是为了寻雪、观景而来,且据观察,像我们一样目的来此的大有人在。

很快,我们到了停车场,一下车,首先感觉的是冷,真正的冷、纯粹的冷、刺骨的冷。好多年没有感觉到这样冷了,好像只有小时候才有,但那时我们穿的是光筒棉衣、棉裤,现在可是全副武装,冲锋衣、羽绒服、保暖内衣、手套、帽子,应有尽有,但是仍然抵挡不住这寒冷,看来是在温室里待惯了,人的抗寒能力下降了。

我们乘坐缆车来到了山顶,放眼望去,好一幅美丽的冰雪图画!晶莹洁白的雪铺满了整个山岗,蓝天白云下,在松林、白桦林中,五颜六色的滑雪服点缀着皑皑雪峰,赏心悦目,让整座山都鲜活起来,充满着激情。清新洁净的空气,爽朗愉悦的笑声,令我随之大悦,欢呼雀跃中,我竟忘记了寒冷,也忘记了年龄。

即使在中午的时候,山顶的气温也只有零下十几摄氏度,虽然手指一出手套,拍不了几张照片便冻得发疼发麻,赶紧缩回去捂着,但还是忍不住时时拿出来,重复动作,生怕漏掉了美景。我们在厚厚的积雪上留下一串串脚印,踩出各种图案,捧起一把把雪扬向天空,各自讲述小时候关于雪和冷的记忆,嬉笑、打闹中仿佛回到了童年,在雪地上蹦跳坐卧,时而仰卧看蓝天白云,时而俯卧闻香雪满径。直到太阳西斜,冷得受不了了,也累得够呛了,我们才来到温暖的山顶木屋中,脱掉厚重的装备,喝一杯热饮,吃特色快餐,好不惬意。

午后3点,天气更凉了,我们恋恋不舍地下山,驱车驶向张家口市区,下榻酒店。

2017年12月30日,崇礼的雪洗净了一年的喧嚣与纷扰,洗去了烦忧。我带上愉悦与纯真,以崭新的面貌迎接2018年的到来。

赶春

虽然已经到了惊蛰节气,但北方还是春寒料峭,满目萧条。我觉得二十四节气对长江以南还比较准时,而对于北方来讲至少要晚一个节气。

我从网上看到婺源的油菜花开了,于是赶快定好了高铁票,3月14日由南站出发,开始了这次我称为"赶春"的婺源之旅。

首先我来到的是有婺源名片之称的"篁岭",这里有婺源保存最好的明清古村落,有万亩梯田花海。这里的油菜花已经开了七成以上,放眼望去,满目金黄,层层叠叠的梯田上满是黄花,间或有盛开的桃花、梨花、玉兰。但这些形态各异、色彩斑斓的花,在漫山遍野的油菜花的强大阵势下,完全成了点缀。

在粉墙黛瓦的徽式建筑旁,这株盛开的桃花更加娇艳粉嫩,可我怎么想起了"一枝红杏出墙来"的诗句?

再看晓起村分上晓起和下晓起,是相对比较清静的村子,建筑以明清官宦府邸为主。进士第、荣禄第、大夫第是主要参观的古建筑,三座粉墙黛瓦的徽派建筑有些地方虽显陈旧,但透过精致的砖雕、木雕、石雕,依然能看出当年的气派。

传说上晓起的风水好,经常出达官贵人,代表人物是清光绪一品大员江人镜,与林则徐同朝为官,官声显赫。

江家家训内容很多,这只是蒙规,也就是小孩子从小启蒙的一些行为规范,是家训的一小部分。

看这满墙的奖状,这只是一侧,另一侧还有,一共有一百余张。这是江家的后人江波的两个孩子的奖状,大的是女儿江文慧,今年16岁,在读高中;小的是儿子江文涛,今年10岁,读小学五年级。这些奖状是姐弟俩从上幼儿园到现在,学习、品德各方面优异、表现突出所受到的褒奖。墙面还贴着一张不知是姐弟俩谁做的日程表,详细地安排了每天的起居、吃饭、学习、游戏等时间。从中可以看出江家严谨的家风,注重教育的优良传统,也多少领悟出一些前面那张江家家训的传承。

婺源"三绝",即木雕、砖雕、石雕。但这些雕刻大多在"文革"和破"四旧"时被损毁。有些得以保存下来的是户主聪明,用泥巴把它们糊住,在上面写上毛主席语录。户主们为了保护这些祖宗留下来的物质文化遗产,真是煞费苦心。

江湾建村于唐朝初年,当时有滕、叶、鲍、戴等姓人家在江湾的河湾处聚居,后来逐步形成了一个较大规模的村落。北宋神宗元丰二年(1079),萧江第八世祖江敌始迁江湾,子孙繁衍成巨族。村中至今还较完好地保存着三省堂、敦崇堂、培心堂等古老的徽派建筑,还有东和门、水坝井等公共建筑物,极具历史价值和观赏价值。江湾是婺源文化与生态旅游区的一颗璀璨明珠。

烟雨蒙蒙的江南才有韵味,天公作美,我来到江湾时飘起了细如牛毛的丝丝小雨,又像雨,又像雾,把整个村庄笼罩在一片朦胧中。几叶小舟漂泊在河中央,村后的山腰上,一团团薄雾绕山升腾,好一幅淡妆素抹的水墨画。如梦如幻,宛若仙境。

用一天的时间游览完美丽的婺源,第二天,我又赶往向往已久的三清山。

三清山风景区位于江西省上饶市东北部,因玉京、玉虚、玉华"三峰峻拔,如道教三清列坐其巅"而得名。三清山风景区总面积756.6平方千米,其中核心景区面积230平方千米,主峰玉京峰海拔达

1819.9米,为最高峰,也是信江的源头。

景区有南清园、西海岸、三清宫、梯云岭、玉京峰、阳光海岸、玉灵观、三洞口、冰玉洞、石鼓岭,三清山更是道教名山,有景观景点1500余处,是集自然景观与人文景观于一身的景区。

三清山一步一景,美不胜收。"东方女神""巨蟒出山""海狮吞月""企鹅献桃"等自然景观惟妙惟肖,几可乱真,让人看后不由自主地感叹大自然的造化神奇。

三清山风景区的兴衰沉浮,始终与道教的兴衰有着密切的关系。三清山风景区道教文化开始于晋代葛洪,葛洪在三清山风景区拥有特殊地位。据史书记载,东晋升平年间(357—361),炼丹术士、著名医学家葛洪与李尚书上三清山结庐炼丹,著书立说,宣扬道教教义,鼓吹"人能成仙",至今山上还留有葛洪所掘的丹井和炼丹炉的遗迹。尤其是那口丹井,历时1000余载,依然终年不涸,其水清冽味甘,被后人称为"仙井"。于是葛洪成了三清山风景名胜区的"开山始祖",三清山风景名胜区道教的第一位传播者。

三清山的天气像小孩子的脸,说变就变,随时会下雨,随时会起雾。据长年在山上捡拾垃圾的大哥讲,三清山每年有200多天都是被浓雾笼罩着,像矜持的美女一样轻易不让人看清真面目。有的人据说来了好几次,都没有看到东方女神、巨蟒出山等景观,抱憾而去。人们总开玩笑说人品不好就看不到,我自认为人品不错,虽然大部分时间走在云里雾里,看不清景观,但到景观集中区,浓雾散开,山峰露出真面目,虽然时间不长,但足够摄影了。

人们喜欢拿三清山与黄山相比较,一是因为二者之间距离较近,二是因为两山在地貌、植被、景观等方面十分相似。大家普遍认为,黄山名气大,文化底蕴要胜过三清山。但在自然景观上,奇松、怪石、云海、流泉等,三清山要略胜一筹。总体打分基本持平,黄山赢在大气,三清山赢在秀气,各有各的特色。

重返宽沟

36年前,正值花季的妻子参加工作,来到坐落在风景如画的怀柔水库旁的北京市政府宽沟招待所。当时招待所还是初建,规模尚小,除了接待中央、市级领导休闲度假、开会研讨外,不对外开放,平民百姓更是不得入内。妻子在此工作5年后,调回家乡。转眼36年过去,这里发生了翻天覆地的变化,占地面积扩展数倍,建筑规模宏大、各项设施齐全且现代化气息浓厚,整个宽沟山环水抱、风光旖旎,草坪起伏、绿树成荫,着实一个天然氧吧。最为可喜的是现在已对外开放,平民百姓也可以来此休闲小憩,度假观光。而遗憾的是全无旧时记忆的模样,当年的领导、同事、伙伴大都已经退休、离去,面对如此巨大的变化,我感慨光阴易逝,不免觉得伤感。

我的家乡

我的家乡是一个四面环山的小山村,村前一条小河缓缓流过。小山村北面的山叫作北寨,村庄坐北朝南,北寨在村子的后面,因此也就是村子的靠山。

小山村南面为南寨,与北寨遥相呼应,在村子的前面,中间隔着大石河。南寨多出青石、阶条石,村子也因阶条石而远近闻名。

小山村西南方向的山为荞麦山,因过去山上多种荞麦而得名。

小山村东面的山叫将军坨,三个并立相连的山峰像三位古代身披铠甲的将军,巍然屹立,因形得名。

村庄往西,是连绵不断、层层叠叠的群山,其中不乏百花山、圣莲山等名山。

村前这条河,是大石河,古称圣水,是唯一一条源于房山区境内的河流,故称房山区的母亲河。

家乡的山水,承载着我从幼童到少年的所有欢乐和梦想。少年时,几乎爬遍了村前村后的山峰。当时山上的梯田里,种满了各种果树,苹果、桃、杏、李、梨、柿子……满沟满坡。春天,满山遍野野花开放,那美丽的花海让我终生难忘。到了秋天,各种水果应时应季,渐次成熟,可算饱了我们这些淘气孩子的口福。当然少不了和队里看青的人斗智斗勇,偷摘果实了。

因为有了家乡的这条小河,村里的孩子几乎没有刻意学游泳的,在河里玩着、泡着,不知不觉就会游了。夏天,我们几乎从未午休过,每天泡在河里,摸鱼捞虾,扎猛子晒干儿……冬天,等到河一封冻,我们便用自制的冰车滑冰,在冰上推铁环……家乡的山山水水,有着各种各样的神话传说,有关于龙的、狐仙的,有修道的、成佛的,千奇百怪,不胜枚举。

改革开放初期,家乡因无序的矿业开采,破坏了生态环境。有的山因采矿满目疮痍,惨不忍睹。水也因采煤撤了水线,断流干涸。拉煤的车经常造成道路拥堵,路两边全是煤末,环境脏、乱、差,曾一度让人不愿回去。

近年来,当地政府响应国家号召,整治环境,关停矿业,退耕还林,疏浚河道,修整道路,还人民群众一个绿水青山。家乡的环境虽比不上童年时的模样,但也有了极大的改善,人们又逐渐地愿意回去了。在这种情况下,姐姐重新翻建了家里的老宅,仿古式建筑,古色古香,庭院宽敞明亮,为我们休闲度假提供了一个好去处。

日本行

对于日本,我的感情是十分复杂和矛盾的。第一,自明代,倭寇便觊觎中国,不断侵犯和掠夺,直至二战期间,全面入侵我国,展开南京大屠杀、重庆大轰炸、华北大扫荡、"三光政策"、细菌战等一系列侵略活动,对中国人民犯下的罪行罄竹难书!加之日本政府从不正面面对战争错误,不对自己所犯的罪行进行反思和道歉,从骨子里看不起中国。我的心中自然对其充满了仇恨。第二,日本和我国是近邻,传说日本人是秦始皇时期,徐福东渡求仙时留下的后裔,在唐朝以前是中华的藩属国,两国人民之间自然有一种亲近感。二战以后,日本很快从一片废墟中站起来,经济快速崛起并领先世界……他们是怎么做到的?

正是怀着这种复杂矛盾的心情,使自己的日本游的行程一次次拖后,一拖就是近10年,直至今日,我带着批判和学习的两种态度,终于踏上了这片土地。

2019年1月22日早8点40分,我乘机飞往日本东京羽田机场,中午到达。

首站东京,游览世界著名的商街——银座,世界知名奢侈品牌琳琅满目,目不暇接。

东京是世界级四大城市之一,为世界商业金融、流行文化与时尚重镇,亦为世界经济发展度与富裕程度最高的都市之一。

全世界人口密度最大的东京都为何很少有堵车的情况?和国内

相比,日本的城市规划是怎么样的?有什么值得借鉴的?

东京面积 2190 平方千米,人口 3700 万,机动车保有量超过 800 万;北京面积 16410 平方千米,人口 2170 万,车辆保有量 564 万。与北京相比,东京的面积是北京的 1/8,人口密度则是北京的 5 倍,而人均汽车保有量则是北京的 1.41 倍。东京可谓人多车多,却很少堵车,被称为全球治堵最成功的"东京奇迹"。日本人到底是如何做到的呢?

二重桥坐落在日本东京皇居,皇后是日本天皇居住的皇宫,是江户幕府在 1657 年所建的城堡,1888 年才成为日本天皇的居所。城郭外面有广阔的护城河围绕。二重桥前方为正门石桥,又称眼镜桥,是东京都内最佳的拍照地点。

为什么叫二重桥?据说前面这座桥只是普通人或官职低的人行走的,后面的那座桥就是皇居内的人所使用的。来自日本各地的观光游客喜欢以二重桥和古老的塔楼为背景合影留念。二重桥是通向皇宫的特别通道。这座桥仅在每年的 1 月 2 日及 12 月 23 日(天皇诞生日)两天公开于众。那时皇室家族将出现在皇宫平台上,向民众招手致意。

1 月 23 日,今天是我们来到日本的第二天,首先选择去浅草寺游览。

浅草是东京的发源地,浅草寺位于东京台东区,是日本具有"江户风格"的民众游乐地,是东京最古老的寺庙,也叫浅草雷门观音寺,该寺正式名称为金龙山浅草寺。门的中央有一下垂的巨大灯笼,上面写着"雷门"二字,已成为浅草的象征。

游览完浅草寺后,我又来到了日本著名的上野公园逛逛。上野公园之所以闻名,主要是因为它是日本观赏樱花的最佳景点。每到樱花开放季节,满园花开如云似霞,美不胜收,成千上万的赏花人络绎不绝。可惜我们来得不是时候,不能一饱眼福,只好从网上下载几张图片,聊以自慰。

上野公园位于日本东京市台东区,面积53万平方米。上野公园是日本的第一座公园,历史文化深厚,景色秀美。在上野公园门内,便可看到明治时代大将军西乡隆盛的铜像。1650年修建供奉德川家康的东照宫,建筑宏伟,参道两旁还有95座石灯笼和195座青铜灯笼。园内有博物馆、美术馆、动物园,着实是一处休闲娱乐、陶冶情操的好地方。

东京塔,是东京地标性建筑物,模仿法国巴黎铁塔的建筑风格,位于东京都港区芝公园,塔高332.6米。东京塔除主要用于发送电视、广播等各种无线电波外,还在大地震发生时发送JR列车停止信号,兼有航标、风向风速测量、温度测量等功能。

东京晴空塔,又译为东京天空树,正式命名前称为新东京铁塔、墨田塔,是位于日本东京都墨田区的电波塔。于2008年7月14日动工,2012年2月29日竣工,同年5月22日正式对外开放。其高度为634米,于2011年11月17日获得吉尼斯世界纪录认证为"世界第一高塔",成为全世界最高的自立式电波塔,也是目前世界第二高的建筑物,仅次于迪拜的哈利法塔(828米)。

2019年1月24日,我们来日本的第三天,今天主要游览日本人心目中的神山——富士山。

富士山,海拔标高3776.24米,是日本的最高峰,作为日本的象征在世界范围内广为人知。富士山不仅作为众多艺术作品的题材在艺术层面影响深远,其在气候、地层等方面也对地质学的研究有很大影响。它是由有着悬垂曲线容貌的玄武岩质层火山构成,其山体延伸到骏河湾的海岸。

富士山自古以来被誉为灵峰,特别是在山顶部分设有浅间神社,被视为神圣的象征。因为暂时没有喷发,根据日本律令制设置了浅间神社用来祭祀,并确立了浅间信仰。另外,由富士山人开创了富士山修验道,这里也作为修验道的灵场广为人知,并实行了登拜。这些富士信仰随着时代的变迁变得多样化,以至形成了村山修验及富士讲等派别。现在,富士山麓周边有着众多观光地,夏季盛行登富士山。

远观富士山比走进山中更有视觉冲击,它是一个休眠的活火山,平均300多年爆发一次,现在距离上次爆发已经312年,所以随时都有可能迎来惊心动魄的火山爆发。全山共分十合目,我们乘车直接到五合目,也就是山的半山腰,从五合目到山顶只有获得登山证的人才可能徒步到达。因为全年能看到富士山的天气只有不到80天,所以能否看到还是需要运气的。我们十分幸运,赶上今天天气晴朗,能见度高,有幸一睹芳容,不虚此行。

我们从山上下来,游览了山脚下的一个美丽的小村庄。由富士山上冰雪融化的冰水渗透下来形成泉水在这里涌出,汇聚成八个大小不一的海子(借用中国九寨沟的叫法),因此得名"忍野八海"。池水清澈见底,碧绿的水草在池底摇曳,成群的鱼自由自在地游来游去,那水清澈得如同玻璃一般,看了让人心动。据导游讲,这水也和富士山以及这里的村子一样,被列为世界物质文化遗产的一部分。

滨松市位于日本静冈县西部,人口82万,是静冈县内最大的城市,也是日本第十六大城市。滨名湖在滨松市境内,以鳗鱼养殖闻名于世,同时也是日本著名的温泉胜地。我们今晚入住的就是东岸湖畔的温泉酒店,用温暖舒适的温泉泡浴洗去了一天的尘乏。

2019年1月25日,是我们旅行的第四天。今天由滨名湖出发,经名古屋和京都两个城市,前往大阪。首先经过名古屋,作为重要的港口城市,名古屋港也是日本的五大国际贸易港之一。中国在名古屋市设立了中华人民共和国驻名古屋总领事馆。

名古屋市位于日本爱知县的西部,也是爱知县县厅所在地和日本人口第四大的城市(仅次于东京都区部、横滨市及大阪市)。名古屋大都市圈集合了日本大量的制造业企业和著名高校,形成了日本国内工业出货额第二位的中京工业核心地带。又因为它是日本中部地区的商业、工业、教育和交通的中心,而且位于东京和京都的中间,所以又被称作"中京"。

京都位于日本西部,是一座内陆城市。曾经是日本的首都,拥有丰富的历史遗迹。作为一个闻名已久的文化古城,不管是文化历史还是风景都让人流连忘返。首先是清水寺,相信很多人都听说过,它是京都最古老最悠久的寺院,在院子厅堂有个舞台,别看只是一个舞台,它可是日本国宝级的文物。舞台附近景色优美,树木茂盛。

金阁寺建于1379年,原为足利义满将军的山庄,后改为禅寺。金阁寺一名源于足利义满修禅的舍利殿,因其外以金箔装饰,民众遂以金阁殿称之。金阁寺吸引中国游客的一个重要原因,它是20世纪80年代红极一时的日本动画片《聪明的一休》主人公一休和尚修行的寺庙。

今天是来日本的第五天,我们来到了有着扶桑水都之称的大阪,在这里停留两天。大阪是日本关西地方的地名,是指日本第二大都市即西日本最大的都市——大阪市(狭义上的大阪),与以大阪市作为府厅所在地的大阪府的地域名称。广义上讲,也指以大阪市为中心的京阪神(近畿地方、大阪都市圈、近畿圈)地区的总称。在古代律令国是指摄津国的范围,大阪也是近畿地区经济、文化的中心地,古代标记为大阪,拥有古都、副都的历史。

达坂城是大阪这个城市的重要地标,来大阪不到达坂城,就好像到了北京没去故宫的感觉。

天守阁是大阪城内主要的建筑主体,在高13米的天守台上,阁高39.8米,在最高的第八层楼上则可以眺望大阪市景,其他层楼则展示了各种武器、丰臣秀吉的木像、书简,以及以模型展示当年作战的作战图等,还有以电视配合投影的方式描绘丰臣秀吉的一生,除此之外也呈现了大阪城复原之后的模型。1997年天守阁经过重新翻修之后，白色的墙面，绿色的屋瓦，并在每个飞翘的檐端装饰着用金箔所塑造的老虎与龙头鱼身（有鲤鱼跃龙门之意）的动物造型。

位于达坂城内的时光隧道心斋桥位于大阪的南部，自1634年建立，是大阪最知名的购物区，在弧形天棚下的商业街里，集中了众多的大型百货店和服装、鞋类、珠宝专卖店以及各种风味的餐饮店。由于来这里的中国游客众多，所以大部分商铺都设有中文导购，可以使用中国银联卡，并可以用微信、支付宝等方式结算。

通天阁是位于日本大阪市浪速区惠比须东的一座展望铁塔，塔高103米（塔身100米，天线3米），是大阪的地标之一。通天阁的意思是"通往天空的高耸建筑物"，命名者是明治时期的儒学家南藤泽岳。设计师是内藤多仲，竣工年份是1956年。

通天阁是观赏大阪全貌的最佳位置。在通天塔观景台上可以拍摄大阪市的全貌。

再游桂林

自双亲先后辞世后,每年的春节便成了我思亲伤心的节日。过年回家,是中国人的传统习惯。可父母在有家,父母不在了家在哪里?于是为了冲淡忧伤的情绪,每逢春节,我便与兄弟姐妹们团聚吃过年夜饭,然后外出旅游。

我这个人随意性比较强,一个电视节目、一件事、一个新闻、一个故事、一个典故等便能决定我的行程。当然,这也是因为家有贤妻,基本上都考虑我的心情,依着我的决定。

今年来桂林,便是节前有一天,忽然想起一首老歌儿《我想去桂林》,那是20世纪90年代歌手韩晓唱的,我只记得两句歌词:"我想去桂林呀,我想去桂林,可是有时间的时候我却没有钱。我想去桂林呀,我想去桂林,可是有了钱的时候我却没时间。"

此次是我第二次来桂林了,距第一次已近20年,第一次是原单位组织的旅游,当时没有智能手机,自己又没有写游记的习惯。对于第一次来桂林,记得最多的是和同事们喝酒娱乐,景色并没有留下太多的印象,想来很遗憾,此次来弥补一下。

桂林"两江四湖",即指漓江、桃花江、木龙湖(含铁佛塘)、桂湖、榕湖、杉湖,其环城水系全长7.33千米,水面面积38.59万平方米。该工程最早形成于北宋年间,当时榕湖、杉湖、桂湖上舟楫纵横,游人如织,兴盛一时。

由于年代久远,一些湖塘已经填没。为了再现当年桂林"水城"

的繁荣景象,并恢复桂林宋代水上游的城市游览模式,桂林"两江四湖"工程的构想,最早是桂林市政府于1998年9月18日提出来的。经过建设者们1000多个日日夜夜的艰苦奋战,桂林"两江四湖"于2002年6月2日上午实现了通航。南宋著名诗词家刘克庄咏叹桂林"千山环野立,一水抱城流"的梦想,从此成为现实。不过在我看来,此景适合晚上看,白天景色一般。到了晚上,两岸的灯光亮起来,五彩缤纷,流光溢彩,五光十色的游船,挂满霓虹的拱桥,煞是好看。

象鼻山

　　象鼻山因有一座酷似大象在江上吸水的山而得名,象鼻山位于桂林市漓江与桃花江的汇流处,以其独特的山形和悠久的历史成为桂林城徽标志。凡是来桂林的人,基本上全会来这里"打卡"留念,就好像不在这里留影,就白来桂林一样。

　　它由亿万年前的海底沉积的石灰岩组成,是喀斯特地貌的代表。自唐宋时期,这里便成为人们游览娱乐的景点,有很多知名的文人墨客、达官贵人留下了他们的足迹和诗句。2013年在央视组织的网络评选活动中,象鼻山被选为"最佳赏月地"。

逍遥楼

　　独秀峰下,漓江西岸,始建于唐代的逍遥楼,曾与黄鹤楼、滕王阁、岳阳楼等人文地理坐标齐名,共同见证了大唐盛世的兴衰。尽管这座曾经吸引了无数文人墨客的城楼早已消失在历史的风雨中,但有关它的记忆,并未在桂林城消失。

　　现在的逍遥楼是2016年政府出资重建的,根据史献上的记载重现原貌。唐代留下来的,只有颜真卿手书的"逍遥楼"三个大字的石碑。

靖江王城

靖江王城坐落于桂林市漓江西岸,是明朝藩王靖江王朱守谦的藩王府,始建于洪武五年(1372),洪武二十五年(1392)建成,靖江王城外围有国内保存最完好的明代城墙。

由于靖江王城地处桂林市城市中心地区,因而有"阅尽王城知桂林"之说。

在独秀峰读书岩,还可找到800年前南宋人王正功留下的"桂林山水甲天下"的摩崖石刻真迹,"桂林山水甲天下"这句话,就是从这里流传出去的。

清政府将这座靖江王府改为广西贡院,从这里走出了4位状元、585位进士、1685位举人,堪称读书人的福地。

民国时期,孙中山先生曾在王城内设立北伐的大本营,运筹北伐大计,现于独秀峰下立有"中山纪念碑",供后人瞻仰;后为广西壮族自治区政府。沧海桑田,经历600余年风雨的王城,虽屡遭兵变仍昂首屹立,是国内保存最完整的明代藩王府和国家重点文物保护单位。踏进王城,登上独秀峰,会感受到靖江王府当年的巍峨壮丽;目睹奇妙的自然风光与中国传统的建筑、园林艺术的完美结合;领略千年沉积的桂林山水文化与历史文化的丰富多彩。

漓江竹筏游,阳朔十里画廊

我们由桂林坐车到兴坪,先欣赏兴坪古镇,然后坐上竹筏游览漓江美景。

如画卷般的漓江山水,九马画山等如仙境般的美景依次映入眼帘,我不由得从内心深处发出赞叹,感叹大自然之神奇造化。心中稍觉不安的是这些竹筏全都是加载了汽油发动机的,望着这往来不息的机动竹筏,不禁对漓江的水质有了一些担心。

十里画廊,美好山水。沿路奇峰美景,田园秀色,许多山岩形状独特,令人遐想,如诗如画,被称为阳朔十里画廊。当年美国总统卡特来阳朔游览,他从打前站的保镖们那里得知,十里画廊有许多景色特别有趣,坐汽车会一晃而过。卡特听后,临时向接待人员提出改变游览方案,借了几辆自行车漫游了十里画廊。为此,政府于2000年专门修建一条近5000米的自行车道、观景台、休息亭等以供游人自由观赏沿途风景。当地百姓称其为卡特风景道。十里画廊主要景观有佩桃献寿、海豚出水、尼姑下山、火焰山、八戒晒肚、金猫出洞、马象奇石、龙角山、猴子民愁、骆驼过江、青厄风光、古榕美景、美女梳妆等。

在这里,我要着重说一下遇龙河竹筏漂游的感受(这段是传统竹筏,靠人来撑的)。遇龙河是漓江在阳朔境内最长的一条支流,全长43.5千米,流域面积158.47平方千米。

遇龙河是一条美丽的河流,素有"小漓江"之称,也是阳朔风光的最好体现,是阳朔山水的精华。若把漓江当作大家闺秀,那么遇龙河就是小家碧玉了。坐竹筏漂流遇龙河,才不虚阳朔之行。河上非常安静,一般两人一筏,而我是独乘一筏。漂浮河上这一刻,唯天地、山水、草木与筏上的我和筏工,仿佛时间都是静止的。

虽然赶上阴天,但是薄雾笼罩下的景色多了份朦胧意境,如一条薄纱轻盖在水上,水面变幻成镜子的模样,沿岸的树木和山峰在平静的水中映出清晰的倒影。打破这一片宁静的,只有小筏于水面漂过的声响,和船夫将竹竿插入水中的那一刻,以及拉出竹竿时,竿上水滴滑落水中的轻微声响。我不禁忘记了拍照,心中只想着此情此景该配什么样的音乐。《高山流水》《云水禅心》?最终也没找出答案。

整个遇龙河景区,没有任何所谓现代化建筑,没有任何人工雕琢痕迹,没有任何一点都市喧嚣,一切都是那么原始、自然、古朴、纯净,实为桂林地区最大的纯天然山水园地。

阳朔西街

阳朔西街,是桂林市阳朔县的一条步行街,位于阳朔古镇中心。宽约8米,长近800米,略呈东西走向,东到滨江路,西到蟠桃路,中间与县前街、城中路交汇。历经1400多年,是阳朔最古老、最繁华的街道,也是阳朔重要的旅游景点之一。明城墙、碑刻、古寺、古亭、名人故居、纪念馆等这些古老的建筑保存皆较完整。

西街曾是孙中山先生演讲的地方,艺术大师徐悲鸿也曾居于此,150多个国家的领导人曾在此留下足迹。

西街是非常有名的商业街,两边都有很多大大小小的不同的店铺,据统计差不多有上百家,这里集合了桂林的特产和美食,让人一下子就可以体验到桂林的特色小吃,这里的商家基本上都是本地人,都是正宗的特产,也吸引了很多美食爱好者前来品尝当地的美食。

西街以前也是当地人非常喜欢逛的一条街,基本上每天都会去逛一逛,不管有没有买东西,饭后也会去看一看夜景,不过随着旅游业的发展,游客的数量越来越多了,那里的商家也开始慢慢抬高物价了,现在当地人很少去,表示接受不了。现在阳朔西街基本上都是外来游客,尤其是节假日,人山人海,热闹非凡,没有以前古朴的感觉,有的只是游客的喧闹声和商家的叫卖声。这确实是国内一种普遍存在的现象,一些知名的古镇、历史文化遗产,都因为过度的商业开发而失去了原有的风貌和古韵,不得不说是一种遗憾。

明天我们就要离开桂林阳朔,前往广西北海了,此次的桂林之旅,充分感受到了桂林山水的秀美、文化底蕴的深厚。"桂林山水甲天下,阳朔山水甲桂林"绝非虚谈。

寻根之旅

似乎成了惯例,每年的五一假期,我都要出门旅游。或远或近,或参加旅行团或驱车自驾游,总是很早便设计好出行方式、旅游目的地等,做好攻略。

今年有些不同,女儿在五一的前一个月,便对我们说:"假期要带两个宝贝儿回家,你们就别安排出去了。"

两个宝贝儿姐姐刚满3岁,弟弟刚刚半岁,出行确实多有不便,所以决定今年假期哪儿也不去,在家里好好陪外孙女、外孙。

然而计划赶不上变化,放假的前一天,女儿打电话说,女婿的几个好朋友相约去秦皇岛度假,不回来了。突然的变化让我们有些措手不及,随团肯定是来不及了,周边自驾几乎都去遍了,又没有攻略。临时查机票、高铁票,我几乎在最短的时间里把国内的旅游景点捋了一遍,想去的地方票都已经售罄。

只能自驾游了,但是去哪里呢?我忽然灵光一闪,想起自家祖坟有一块碑,记载着老家李各庄孙氏一脉,是在清朝康熙初年,因避难由河北省高阳县迁徙而来。避难?避什么难?碑铭并没有交代,因"文革"时期家堂都被烧毁了,也不知远祖是谁。400多年过去了,高阳还有没有远祖留下的蛛丝马迹?于是我决定去高阳,也可谓是寻根之旅,虽然我知道不可能有什么结果,但没事玩呗,权当旅游了。

高阳县,隶属于河北省保定市,地处华北平原,位于保定市东南部,距北京、天津、石家庄各150千米、180千米、150千米。北靠华北

明珠白洋淀与安新交界,西与清苑毗邻,南与蠡县、肃宁接壤,东与河间、任丘相接。南北宽28.5千米,东西长30千米,

总面积472平方千米。高阳县海拔高度在123米—563米之间,平均海拔457米左右。高阳县纺织产量占华北地区三分之一,有"桂林山上无杂木,高阳花布四季新"之誉。1997年,高阳县被河北省人民政府命名为"纺织强县"。高阳的名称源于在高河的北边,中国古代将山之南、水之北称作阳,故称高阳。

提到高阳孙姓,那可是大大的有名,明末崇祯年间,大学士孙承宗,官至兵部尚书,官声显赫。

孙承宗(1563—1638),字稚绳,号恺阳,北直隶保定高阳(今河北)人。明末军事家、教育家、学者和诗人。曾为明熹宗朱由校的老师,明末的文坛领袖。曾任兵部尚书、辽东督师、东阁大学士等。

在明朝与后金作战连遭败绩、边防形势危急的情况下,孙承宗代替王在晋成为蓟辽督师,修筑关宁锦防线,统领军队11万,收复失地400余里,选拔培养了如马世龙、袁崇焕等一批文武将领,修筑大城9座,小城堡40余座,屯田5000多顷,安置战争难民近百万,逼迫努尔哈赤后退700里,功勋卓著,后遭到魏忠贤的妒忌,辞官回乡。

崇祯元年(1628),皇太极绕过关宁锦防线,进入长城以内,京师告急,又是在危殆时刻,孙承宗蒙诏起用,起家陛见,议守京师,出镇通州,调度援军、追还溃将,重镇山海,袭扰敌后,迫敌出塞,收复四镇,再整关宁,却遭权臣掣肘,告老回家。在家乡高阳县住7年。

崇祯十一年(1638),清军进攻高阳,孙承宗率领全城百姓及家人守城,城破后清军恨死了孙承宗,将其全家一百余口全部屠杀,并用马活活将他拖死,据说只有一个孙子和两个仆人逃出。隐姓埋名,繁衍生息。

南明弘光元年(1644),孙承宗获追赠太师,谥号"文忠";清高宗时追谥"忠定"。著有诗集《高阳集》、军事著作《车营扣答合编》等。

国民党时期,直隶省长孙岳,是孙承宗的十世孙。东陵大盗孙殿英,亦称是孙承宗的后人,自己曾说盗东陵是为先祖报仇。

我在这里提到孙承宗,并不是说他即是我的远祖,那有攀龙附凤之嫌,但说到高阳孙氏,就不能不提他。何况我的祖先又是由高阳迁出的,其中或许有丝丝缕缕的联系,也未可知,希望有学识有考古能力的族人加以考证。

孙承宗墓在高阳县西北 1000 米处,现已被毁,现存墓碑是孙承宗十二代孙为其所立,位置在县城一小区内。原本想在高阳住一宿,顺便按照墓碑上立碑人的线索找一找,看看他们有没有祖谱家堂。但打听了好多人,都没有打听到。同时又觉得太容易了,一下子把悬念解开就没意思了,也因为来的路上,看到沧榆高速的路牌,使我一下子想到了沧州铁狮,虽然很早以前来过沧州一次,但因来去匆忙竟然没有看到沧州的标志——铁狮,一直耿耿于怀,心有遗憾。反正离沧州也不远了,就去那里了却一桩心愿吧。

围场塞罕坝

塞罕坝位于河北省承德市围场满族蒙古族自治县境内,内蒙古高原的东南缘,地处内蒙古高原与河北北部山地的交界处,地貌上界于内蒙古熔岩高原和冀北山地之间,主要是高原台地,东西长51.46千米,南北宽17.84千米,区域海拔1500米—2067米,面积200多平方千米。历史上的塞罕坝是一处水草丰沛、森林茂密、禽兽繁集的地方,在辽、金时期称作"千里松林",曾作为皇帝狩猎之所,被誉为"水的源头、云的故乡、花的世界、林的海洋"。

1681年,清朝康熙帝在平定了"三藩之乱"之后,巡幸塞外,看中了这块"南拱京师,北控漠北,山川险峻,里程适中"的漠南蒙古游牧地。

康熙帝借皇帝"春搜、夏苗、秋狝、冬狩"四季狩猎的古代礼仪,同时锤炼满族八旗的战斗力,实行怀柔政策绥服蒙古,遏制沙俄侵略北疆,维护多民族国家的团结统一等巩固国家政权的多种政策,以喀喇沁、敖汉、翁牛特等部"敬献牧场,肇开灵圃,岁行秋狝"的名义,设置了"木兰围场",将"木兰秋狝"定为祖制。史学家称之为"肄武绥藩"。

随着清王朝历史的推移,因吏治腐败和财政颓废,内忧外患的清政府在同治二年(1863)开围放垦,随之森林植被被破坏,后来遭遇日本侵略者的掠夺采伐和连年山火,到新中国成立初期,原始森林已荡然无存,当年"山川秀美、林壑幽深"的太古胜境和"猎士五更行""千骑列云涯"的壮观场面已不复存在。

塞罕坝地区退化为高原荒丘,呈现"飞鸟无栖树,黄沙遮天日"的荒凉景象。

1962年林业部在塞罕坝机械林场、大唤起林场、阴河林场的基础上组建塞罕坝机械林场总场(1968年归河北省管理,成为省林业局直属单位),自此塞罕坝定名。

塞罕坝在各级领导的大力支持和关怀下,用两代人的青春和汗水,营造起万顷林海,加上深厚的历史文化底蕴,浓郁的满蒙民族风情,形成了国家一级旅游资源。

1993年5月,塞罕坝被林业部批准为国家级森林公园。

塞罕坝平均海拔1500米,寒温带大陆性季风气候特点表现特殊,这里夏季气候凉爽,空气清新,温度平均在20℃;秋季层林尽染,漫山遍野的枫叶,溢金流丹;冬季皑皑白雪,玉树冰花,一派北国风光。

塞罕坝地处典型的森林—草原交错带和高原—丘陵—曼甸—接坝山地移行地段,既有森林,又有草原;既有河流,又有湖泊;既有山地,又有高原;既有丘陵,又有曼甸。同时,塞罕坝也是滦河与辽河的发源地之一,因此被誉为"河的源头"。

塞罕坝风景区主要是指塞罕坝国家森林公园、御道口草原森林风景区、红松洼国家级自然保护区等三大景区。

塞罕坝国家森林公园有"中国绿色明珠"和"华北绿宝石"之称,是华北地区面积最大、兼具森林草原景观的国家级森林公园,风光绚烂多彩,是摄影家的天堂。

这里有森林景观733平方千米,草原景观133平方千米,森林覆盖率达78%。独特的气候与悠久的历史,造就了这里特殊的自然景观和人文景观,其中金莲映日、泰丰湖、七星湖、滦河源头、塞罕塔等,都是经典的必游景点,风景如诗般醉人,美不胜收。这里既有清代历史遗迹,又有浓郁的满蒙风情,风光自然优美、气候凉爽宜人,加之靠近北京、天津的地理优势,每年都有几十万海内外游人到此观光、度假,是夏季避暑观光、秋季观赏红叶、冬季狩猎滑雪的生态旅游胜地。

塞罕坝独特的地理环境为金莲花提供了良好的生长环境,使金莲映日奇观得以重现。置身观赏园中,如同置身于金莲花的海洋,在明丽的阳光照耀下,株株金莲,风姿绰约。园中那独具特色的甬道、长廊、凉亭,神秘的吐力根河、古树、白桦林、情人谷,充满情趣的水车、风车,孩子们自由嬉戏的游乐场,无一不让人流连忘返,再免费品一杯香气浓郁的生态金莲花茶,驱暑提神,更能让游人忘却旅途的疲劳,置身于无限遐想之中。

草原上的那些花儿

入伏以来,北京进入蒸煮模式。桑拿天,上晒下蒸,苦不堪言。整天浑身油腻腻的,我一天洗三次澡,也没感到清爽。胸闷气短,呼吸不畅,让人只想逃离这座城市。于是我驾车出行,一路向北,首先沿途游览草原天路,一路风景如画,绿草、鲜花、森林……我想大多数人都游览过,不必多说。我又顺路来到了沽源,著名的湿地草原,终于感受到了清爽。这里早晚温度23℃以下,让人感到很舒适。即使是中午,只要不暴露在太阳底下,就会有阵阵清风徐来,真是心情舒畅,舒爽无比。

为了吸引游客,博人眼球,草原上人工种植了大片大片的花儿,有虞美人、薰衣草、秋英、向日葵等。片片花海,煞是好看,给人带来强烈的视觉冲击。然而我却觉得,这些人工种植的花儿,终究比不了顽强生长、自生自灭的野花儿带给人们的生命启示和自强不息的精神震撼。因此,我拍摄了一组各种各样的野花儿,呈现给好友。

一岁一枯荣,跻身野草菁。
天生难自弃,丽质不须争。
园囿花虽艳,园丁倾力营。
茫茫天地间,风雨任平生。

江南的秋

最近,读了郁达夫先生的散文《故都的秋》,文中对北京的秋天做了精彩纷呈、深入细致的描述。我体会故都的"秋的味、秋的色、秋的意境与姿态"的特点。特别是先生先是用南方之秋衬托北方之秋,突出北方之秋浓烈醇厚的滋味。结尾,又用南方之秋令人赞赏之处与故都之秋进行对比,进一步突出了故都的秋色彩之浓烈,令人回味无穷。

自幼生长在北方的我,对北方的秋自然不陌生,只是没有先生那么独到的眼光,那么玄妙的文笔,即使看到了也表达不出来。但对先生在《故都的秋》中,对秋的描写和感悟完全认同,且佩服得五体投地。只是通过此文,倒是对南方的秋,特别是江南的秋起了极大的兴趣。作为一名旅游爱好者,我去过江南许多次了,领略过早春二月的无锡、烟花三月的扬州、浓妆淡抹的西湖、姑苏城外的钟声、沾衣不湿的杏花雨、吹面不寒的杨柳风。虽然秋天我也去过江南,但终不似对春雨江南、千里莺啼绿映红那样留下那么深的印象,也许是我没有用心去感受吧。在先生的文章的感召下,中秋刚过几天,北京已是一派秋意盎然的景象,我便迫不及待地乘上南行的高铁,前往南京、扬州,用心去体会江南的秋。另外阳澄湖大闸蟹马上就要开湖了,我也想到产地去品尝一下。

江南的秋天和北方的秋天真的是不一样。我看到公路两旁的树木花草,几乎是绿色的,即使到了冬季,南方的许多树木也是不落叶的,郁郁葱葱的,很难从这点上感觉秋天的到来。当然,要体会江南的秋在城市里肯定是不行的,需要到乡间、田野以及枯草斜阳、小桥流水的村庄,到二十四桥、残荷铺塘的瘦西湖……才能真正感受这江南的秋。

江南的秋天是浪漫的,是唯美的,融合了感性的色彩和理性的沉静,既有成熟的风韵,又有洒脱的禅境。它是诗,是画,是流动的音乐。

秋光明媚。这也许是江南秋天的独特风格吧,秋天漫长而美丽。冬天就短短一瞬,几场冷雨、数阵北风、一场大雪就宣告春天来了。而春天稍纵即逝,还没来得及欣赏那阳光下的万紫千红,就已踩到夏的足跟了。江南的秋天似乎挤占了冬天的大部分时光,显得格外唯美。秋季里江南的阴天并不多见,却美得如一场朦胧的梦。你看那天上的流云,灰蒙蒙的,与地上的轻烟融为一体。天与地已没有明显的界线,只一半是浮云,一半是烟霭。浮云缓缓下泻,流入烟霭。那烟霭也因山水的远近和田野的狭阔,变幻出浓淡深浅。天地一片朦胧,仿佛悠长的时光,没有尽头。天阴而不沉,一切都是薄薄的、轻轻的,好像一挥手就可以拈了去似的。车流、行人在流云烟霭中,就如行走在美丽的梦境里。

留得残荷听雨声,只有在静静的夜里,才听得见淅淅沥沥的雨声,和着晕黄的灯光,更多了一丝禅意。秋天的雨并不像春天那样缠绵,干脆得很,第二天就消逝得无影无踪,紧接着又是天晴。

枯草斜阳,小桥流水,江南的秋美得精细,不及北方的粗犷,却更有情韵。一切都柔柔的、静静的、清清的、净净的,不染一丝尘埃。阳光暖暖的,照耀着秋天空旷的田野。金黄的稻田,稻穗飘香,让人不禁想起张明敏的那首《垄上行》,在心里轻轻吟唱。秋天的颜色,复杂而多变。秋山色彩斑斓,鲜艳夺目,火红的枫叶,金黄的银杏,许多不知名的树,黄红青紫蓝橙诸色间杂,十分绚烂。阳光在树叶中跳跃,把它们渲染成最美的油画。沿着堆积着厚厚落叶的树林散步,听着脚底树叶的沙沙声,那是一种仿佛来自另一个世界的声音,纯粹而悠远。秋天里最美的不是赏花,而是看落叶的静舞。那是一种曼妙的境界,可以欣赏到落叶在风中曼舞的身姿,可以听到落叶的絮语。这是饱经风霜后的从容与淡定,是一切都经历过的彻悟和解脱。这难道不是另一种涅槃?不是另一种深情的爱?落叶不是无情物,化作春泥更护花。

二十四桥的明月夜,姑苏城外寒山寺悠长旷远的钟声,如万马奔腾滚滚而来的钱塘秋潮……这都是江南之秋的灵魂,合奏出江南之秋的华丽的交响乐章!我爱你,江南的秋!

鹭岛行

2020年元月21日,腊月二十七。我来到美丽的鹭岛厦门,开始了为期10天的福建自由行。

依稀记得20年前我曾来过厦门,是原单位组织旅游,当时没有智能手机,又不会玩数码相机。走马观花,主要景点也都去了,遗憾的是没有留下照片,也没有留下文字,印象最深的倒是和同事们打牌、喝酒。

厦门,一座干净、漂亮的海滨城市,曾连续多年荣获国家卫生城市,也曾多次获得联合国评选的世界宜居城市等诸多荣誉。"城在海中,海在城中"的格局使厦门拥有得天独厚的自然风光,市容市貌干净整洁,城市建设精致温馨,优美的自然环境为厦门的经济发展发挥了最大的作用,使得厦门和漳州、泉州构成了闽南金三角经济区。

第一站,中山路步行街。

中山路步行街,是厦门最老牌的商业街,人流旺、商品多、名气大,不论往昔还是如今,人们只要一提及厦门,就会想到中山路,好似纽约的曼哈顿、东京的银座、香港的中环,号称国内八大步行街之一。到了厦门,中山路是不能不去的,因为它代表了厦门的繁华,富有时代的韵律,到这里可享受丰富的物质世界,领略现代风采。中山路是厦门人的骄傲!

中山路是厦门现有保留较完整的展现近代历史风貌的旧城街区,拥有小走马路、陈化成故居、中华第一圣堂等众多人文古迹。南洋骑楼建筑、流光溢彩的 LED 夜景、琳琅满目的各色闽台特色小吃和回响在小巷街坊间的古老南音,构成其与众不同的风格特色。中山路现有省级文物保护单位 3 处,市级文物保护单位 5 处,市级涉台文物古迹 1 处,历史遗址古迹 10 余处,还有南音等非物质文化遗产。2012 年 6 月,厦门中山路荣获"中国历史文化名街"的称号。

中山路全长 1198 米,宽 15 米,位于厦门市思明区的繁华闹市,一头连着宾馆大厦,另一头连着碧波大海,与海上花园鼓浪屿遥遥相望。中山路的骑楼街是厦门建筑文化的代表,这些建筑绝大部分是 20 世纪 20 年代华侨回乡建造的,在厦门市的城市总体规划中已被列为旧城保护的重点。

第二站,鼓浪屿。

鼓浪屿虽然是一个面积只有 1.78 平方千米的小岛,但它有"钢琴之岛""海上花园""万国建筑博览"的美誉。有不来鼓浪屿就等于白来厦门之说,岛上各式各样的别墅就有 1000 余座,曾有 13 个国家在这里设有领事馆,比同时期上海的数量还要多。

歌唱家张暴默在 1984 年春晚上一曲深情的《鼓浪屿之波》更加使鼓浪屿深入人心,那动人的旋律、优美的歌词,在耳边久久萦绕,令人难以忘怀,更加对鼓浪屿充满了憧憬和渴望。

第三站,厦门大学。

厦门大学是由爱国华侨领袖陈嘉庚先生于 1921 年创办的,是中国近代教育史上第一所华侨创办的大学,国内较早招收研究生的大学之一,是首个在海外建设独立校园的大学,早期建筑入选全国重点文物保护单位和"首批中国 20 世纪建筑遗产"名录,被誉为"南方之强""中国最美大学"。厦门大学被人们戏称为"厦门第一人民公园",可见校园内景色之美。到处鸟语花香,湖水如镜,一步一景,美不胜收。其芙蓉隧道墙壁上学生们的图鸦,更是别具特色,有励志的、抒情的、搞笑的,无不透露出青春的气息,令人耳目一新。

厦门市东南边，五老峰下，坐北朝南，依山面海，南普陀寺坐落于此。该寺始建于唐代，供奉观世音菩萨，因与浙江普陀山观世音菩萨道场类同，又在其南，故得名南普陀寺。

今天是在鹭岛旅游的最后一天，没有安排什么景点，酒店紧邻白鹭洲公园，上午我随便转转即可。下午我来到了厦门著名的黄厝海滩，观海听涛，看海上落日。明天我就要去泉州和亲家、女儿、女婿以及外孙女、外孙一起过除夕。总体来说，厦门不愧是世界知名的宜居城市，年平均气温20℃左右，气候宜人，干净整洁，四季如春，鲜花常伴。我不禁想退休后在此养老着实不错，倒是可以纳入规划。

　　鹭岛清风涤俗尘，无痕岁月又逢春。
　　乱花四季迷人眼，碧树三冬绿色新。
　　望海遥思朱国姓，听涛犹记复台臣。
　　白云苍狗情难老，霜鬓斑华志亦真。

洛阳桥

福建泉州,有一座多孔石桥,名为"洛阳桥",又称"万安桥",位于鲤城区东北郊1万米处。北宋皇祐年间由泉州太守蔡襄主持修建,历时6年,于嘉祐四年(1059)竣工,距今有近千年的历史了。万安桥是我国著名的巨型海港梁式多孔大石桥,开创了在海港建设大石桥的先河。

洛阳桥初建时全桥长834米,宽7米,有500根石雕护栏石柱、28只石狮子、9座石塔、46个桥墩、47个桥孔。洛阳桥全都是由花岗岩筑成,铺设桥面的石板长10米,宽1米,重达1万公斤,是福建省省级文物重点保护单位之一。茅以升称赞其为"福建桥梁中的状元",与赵州桥、卢沟桥、潮州广济桥并称为"我国古代四大名桥"。

此桥为何取名"洛阳桥"呢?据有关资料记载,很早之前,泉州一带居住着越族人。唐朝初年,社会动荡不安,战争时常发生,不少中原人南迁。河南、河北和洛水一带的人多迁到泉州及闽南一带,这些南迁的人民带来了中原先进的技术和经验,引导当地人们发展生产。当他们来到泉州时,看到这里的山川地势很像古都洛阳,就把这个地方也取名"洛阳",桥也因此得名。

洛阳桥地处泉州城东北洛阳江口,是福建与广东北上的交通要道,也是厦门、福州往来的必经之地,是东南沿海的通衢之地。现在仍是厦门、泉州、莆田、福州往来的必经之地。在修桥之前,人们一直靠渡船往来江上。但是春夏季节,雨水上涨,加上海水涨潮,搭渡翻船而葬身江中者,难以计数。

在宋代,泉州成为当时重要的海港之一,也是海上丝绸之路的起点。泉州港商贾云集,店铺林立,是重要的货物集散地。经济的发展对当地的交通条件也提出了严峻的考验。为了适应人们的生活和经济的需求,顺应海外贸易迅速发展的趋势,在泉州知府蔡襄的号召下,当地商民集资1400万两白银兴建了这座跨海大桥,实现"长虹卧波人争越,闽海四洲变通途"的愿望。

洛阳桥的建造过程异常艰苦,主要是因为洛阳江在连江接海之处,深受海水侵蚀之苦,桥基必须特别坚固,防止海潮侵蚀。洛阳桥对世界桥梁科学技术的发展主要做出了三大贡献。

第一,造桥工匠们创造了一种新型桥基——筏形桥基。筏形桥基是指人们先沿着桥的中轴线向江中抛入大量石块,然后延伸出一定宽度,形成一条连接江底的矮石堤,再在上面建造船形墩。这种桥墩被认为是桥梁建筑史上的重大突破。洛阳桥的桥基宽度约25米,长度500余米。

第二,当地人民发明了一种牡蛎加固桥基的办法。开始抛下去的巨石非常散乱,连接度差,石块间空隙不一,在这样的桥基上建桥必然不稳固。牡蛎是在当地比较常见的海产软体贝壳,具有固着性,它的壳可以附生在岩礁或者其他的牡蛎壳上,繁殖能力很强。以牡蛎固基就是利用牡蛎的这种迅速繁殖的特性,把原来松散的石堤结成牢固的整体,防止基石被潮水冲走。这种以牡蛎加固桥基的办法,是世界上率先将生物学运用于桥梁建筑的先例。此外,为了有效保护桥基和桥墩,禁止人们采食桥下牡蛎。

第三,洛阳桥创造了我国建桥史上浮运架桥法的纪录。浮运架桥法也就是当时的人们采用"激浪涨舟,浮运架梁"的方法,利用潮汐的涨落,把一条条重达数吨的大石板架在桥面上,既减轻人力负担,又方便石料的运输,大大加快了工程的进度。运用这样的方法,最终一座"跨海长虹"建成了。

洛阳桥建成后,蔡襄下令沿途栽植松树。这既可以防止水土流失,又可遮掩道路,使过往商旅在酷暑之时,免受骄阳暴晒之苦。蔡襄在千年前已经注意保持生态平衡,调整人与自然的关系,为民造福,其远见卓识令人赞叹不已。

洛阳桥建成后,人们给它总结了三个绝妙的特点,称为"三绝":一是工程艰苦浩大,历时6年之久,跨江接海;二是《万安桥记》简洁,全文仅153字,由蔡襄本人亲自完成;三是碑石、碑字精雕。洛阳桥的桥面,有500根栏杆石柱,并用28只雕琢精致的石狮子作为装饰。据传说,这些数字代表500个桥工和28个技师。这些精美的石雕艺术品生动地展现了古代"石雕之都"惠安的特有风韵。

洛阳桥在没有现代化动力装备的基础上,利用人力和借助自然力而建成,是我国最早的海港大石桥,是我国古代劳动人民的智慧结晶,在我国桥梁发展史上写下了精彩的篇章。洛阳桥修建至今,历时900余年,根据文献记载,先后修理和重建共16次,大修不过3次。为了纪念蔡襄的功绩,当地人民特意修建了蔡襄祠。虽然经过了近千年的风雨侵蚀,现今的洛阳桥仍在使用中,而且成为当地一道亮丽的风景线,鹤汀凫渚,白鹭翔集。游览时正值小雨,烟雨蒙蒙,远望桥连楼宇,仙雾腾腾,近看碧波渺渺,绿洲荡漾,美景如诗如画。

故乡原风景

　　白云苍狗奇峰幻,北斗银河自在悬。
　　山水多情人半老,喜将话语道从前。

　　庚子年春末夏初,家乡老宅翻建修缮。4月21日开工,至今月余,初见规模。因此我回去较多,深切地感受到家乡的变化。近年来,老家环境治理大显成效,禁采禁挖,植树造林,退耕还林,疏浚河道。蓝天白云日见增多,青山绿水,恢复从前。
　　今天,又是一个风和日丽的好天气,白天,蓝蓝的天空上,洁白的云朵变幻着奇异的山峰,奔驰的骏马,腾飞的龙凤……吸引着我登上了儿时常登的山顶,欲离天更近一点,将白云揽入怀中。夜晚,坐在庭院里抬头仰望,洁净的天空上繁星点点,北斗七星斗指东南,好清晰呀!已经记不清在城市里,有多少年看不到这么清晰的北斗了。
　　背靠着北寨,面向着大石河,遥望这荞麦山,小时候我常常会问,问大人也问自己,山的那边有什么。长大后,我稍长便迫不及待地走了出去,经历了风风雨雨,认识了山外的世界。随着一天天变老,我越来越怀念童年时光。叶落归根,终归要回来的……

诗词·亲情篇

思亲

一

重阳登高细雨霏,百花山上轻雾随。
与客携壶山亭坐,菊花美酒斟满杯。
每逢佳节思双亲,欲孝不待痛心椎。
望穿秋水凭栏处,抛撒菊瓣醉后归。

二

重阳思亲泪雨飞,暂借菊酒掩伤悲。
登高凭栏望秋水,抛撒菊花祭春晖。

三

天公垂泪降哀思,遥忆双亲难自持。
最解人意中元月,恐惊幽魂藏云帷。

长相思

秋山黄,秋叶黄,满目秋山共凄凉,阴阳断人肠。
亲痛殇,友痛殇,何故泉台唤去忙,空余泪成行。

想念妈妈

孤枕垂泪天欲晓,但悲堂前失萱草。
慈容每从梦中见,春晖灿灿颜未老。
醒来却疑不是梦,声声喊娘四处找。
欲养不待椎心痛,抱憾绵绵何时了?

祖宅情思

故居堂外蔓荒茅,遥念慈严热泪抛。
几对闲鸦疑是客,一双野犬怒咆哮。
天真远去丧童趣,鬓染银霜腿渐凹。
身别梦园时久矣,心思倦鸟恋归巢。

梦双亲

晓梦忆童年,依稀见慈严。
老房青石旧,火炕热依然。
戴月父耕地,披星母织棉。
垂髫淘难住,歌舞绕膝前。
淡饭逾珍馐,粗茶比蜜甜。
父爱如山重,母恩似海川。
醒来知是梦,珠泪已涟涟。
欲养亲不待,无期恨绵绵。

二十九年结婚纪念日

国庆佳节成连理,二十九年比翼飞。
白手起家同创业,齐心合力与朝晖。
耳鬓厮磨相濡沫,琴瑟和鸣两辉映。
携手春秋共华发,老年夫妻更相依。

遐思

坐海听涛望远穹,汐潮起落赖天功。
百川汇聚因容大,化浊为清品自崇。
代代出新看后浪,生生不息永无穷。
波澜起伏应天命,顺势而为好乘风。

清明回乡扫祭

忆昔童年插柳秧,于今两岸树成行。
圣泉十里清河翠,幽谷千峰绿草芳。
野杏山桃花又艳,清明故里正情伤。
山水依旧云依旧,可怜归人鬓已霜。

孙女出生

金猴献瑞明珠喜,雏凤初啼满庭芳。
玉洁冰清承懿范,兰心蕙质送馨香。

外孙出生

清啼一震降祥麟,
德门生辉获至珍。
先得掌珠贤淑女,
又添虎子耀星辰。

二哥的小菜园

少壮投军旅,青春付国疆。
复员从矿业,拼命勇三郎。
退隐赋闲后,幽居在矿乡。
不为棋牌乐,偏好事农桑。
园小天地大,四时闻花香。
葱韭透翠绿,豆菽泛金黄。
瓜果满棚架,花生地下藏。
眼望丰收景,心宽体健康。

诗词·游记篇

刺猬河晨练观景

柳岸莺啼早,杨堤雀舞喧。
草深萤飞乱,水浅蛙噪忙。
耕者岂为菜,钓者何羡鱼。
相戏人追犬,挥扇舞太极。

三联峰

涧水时现两峰间,林繁叶茂鸟飞旋。
金陵虽盛留空冢,景教昙花未承传。
峰高坡险愁攀缘,汗飞如雨兴盎然。
强身健体远是非,伸展怀抱投自然。

独游千灵山

空山依旧静,孤人仍独行。
不敢看潭水,恐有双栖鸳。

端午重游蓬莱

乘舟御风访仙踪,八仙东渡阁宇空。
拜罢老君三清观,回望水天碧波平。
亦真亦幻海蜃影,半知半解《道德经》。
帆映天际渔歌远,风鼓衣袂身已轻。

与友携手登三联峰

一声长啸震沉山,二人携力奋登攀。
三联峰险等闲越,登高欲览九重天。

游长阳公园

花团锦簇草如茵,不输四娘花满蹊。
广阳桥下春水绿,赏春何必出京西?

登上方山

林深鸟语静,曲径野花香。
山寂钟声远,天朗月色明。

打油诗

绵柳垂碧波,晨光影婆娑。
景静心安定,轻松奔生活。

密云青菁顶

幽谷清溪涓细流,翠染山林鸟鸣啾。
泉石飞瀑溅碎玉,硕果镶金满枝头。
畅饮清风心欲醉,风鼓衣袂身已柔。
云山秀水不需赞,欲与陶令共闲舟。

滨河公园晨练

拂晓天沉笼微雾,疾走单行滨河路。
并蒂莲花香依旧,触景生情心暗度。
晨曦薄雾散轻烟,莹露凝香草花鲜。
百鸟争啼迎宾早,满树梨棠谁品先?

好友家度周末

傍山近水景气嘉,雅墅精舍庭凝华。
鸡鸣犬欢农家乐,道德府第笔难夸。

十渡垂钓

思贤忆姜尚,溪边看钓娘。
花枝映碧水,嗔笑醉河塘。
闲鱼解人意,频频上钩忙。
同为垂钓者,所钓有短长。

独登千灵山记

灵山秀水款步行,仙乐禅音入心清。
风吹落叶随进退,霜侵野草任枯荣。

观云南石林

一

石林壁立现奇观,沧海桑田亿万年。
彩云深处皆胜景,利剑刀锋刺青天。

二

群峰竞秀众山峦,刺破青天锷未残。
鬼斧神工惊世界,叹为观止大自然。

三

天然博物馆藏丰,洞穴奇幽梦幻中。
龟寿千年神似在,千钧一发众人惊。
剑锋池内莲花绽,望月犀牛栩如生。
双鸟渡食迎日月,安得广厦万千重。

四

石破天惊险象生,云南印象总关情。
彝族美女阿诗玛,天籁之美曲动听。

石林记

石林胜景彩云南,奇峰怪石耸云天。
千钧一发客惊心,且住为佳抚胆寒。
剑池水映莲花艳,天光云影一线蓝。
蛛网曲径通幽幻,凤凰梳翅象踞台。
双鸟渡食可曾饱?犀牛望月空垂涎。
灵龟千年寿难考,栩栩如生叹天然。
撒尼长诗《阿诗玛》,千古绝唱美名传。

甲米游记

水清沙白艳阳天,彩衣招展笑语喧。
昨在家乡戏冰雪,今来甲米逛海滩。
浮游深潜群鱼跃,游弋五彩珊瑚间。
龙王不知何方客,笑问君是哪路仙。

和大哥春游陶然亭

踏青游名园,一醉一陶然。
烟柳迷人眼,湖光映亭台。
云绘清音幽,都门胜地喧。
春风青冢墓,高石千古传。

泰国热带雨林

皮划溯溪上，骑象入雨林。
热带奇景秀，暹罗更不同。
绿翠连天碧，红树接阴晴。
花香伴鸟语，终年草木丰。
沙白如莹雪，海绿似翠浓。
繁星未隐去，早有诵经声。
妖男粉面嫩，泰女玉指柔。
满目皆风景，人在画图中。

赵州桥

构拱石联腾玉龙，凌空飞架起彩虹。
千年永固叹神技，万世景仰李春工。

游览白石山有感

巍峨太行源，伟哉白石山。
青锷刺苍穹，伸手托云天。
栈道高千尺，下望色变颜。
燕赵悲歌壮，萧萧易水寒。

蒙古草原

北国碧玉雄鸡冠，茫茫草原天地间。
天飘白云蓝如洗，地铺芳草绿似毡。
明珠含水湖比海，点点蒙包起炊烟。
风云突变太阳雨，双虹飞架洒金颜。
绿色画卷无边际，游者瞠目叹奇观。
骑射赛马全羊宴，篝火狂欢不思还。

游花台记

一

雨落无声气微凉,聆听教化喜若狂。
雾锁群山景不见,心澄若镜思飞扬。

二

细雨凝珠挂松杉,白雾升腾峰峦间。
木屋草舍与君话,胜读诗书跨十年。

密云古北水镇

江南风月好,千里费周章。
古北有水镇,淑景比吴江。
乌篷荡轻桨,山色映湖光。
虹桥卧波短,戏台扮古装。
工坊栉次比,酒肆可飞觞。
雕楼彩旗舞,古寨分风疆。

海南归来

热雨和风洒岭南,海棠清水碧蓝湾。
椰风阵阵飘香远,蕉雨丝丝白玉簪。
兰殿桂宫文萃苑,境幽景美不思还。
留房一席存名下,待老仙居遂愿甘。

西湖十景

人间有仙境,西湖盛名扬。
双峰插云霄,柳浪闻莺唱。
苏堤迎春晓,雷峰照夕阳。
断桥踏残雪,晚钟音绕梁。
平湖秋月静,三潭印蟾光。
花港闲鱼跃,曲苑风荷香。
苏杭秀可餐,自古比天堂。

长沟长走

疾行水岸畔,赏景花田边。
五色人潮涌,甘池汇清泉。
御塘九晒米,食者不羡仙。
山水画廊秀,路远只等闲。

东湖港

拒马扬波迎旧客,孤山含笑续新朋。
饮尽乡愁醉丽景,品透春茗悟无常。
知音难觅生苦短,莫笑痴迷春梦香。
明月有情伴双影,惺惺相惜话语长。

登狼牙山凭吊五壮士

易水悲鸣壮士篇,丰碑永铸狼牙巅。
舍生取义惊倭寇,热血忠魂震九天。
河清海晏家国富,莫忘英烈命躯捐。
登山凭吊心澎湃,凭吊凝思祭深渊。

静升王家大院

风雨静升古建宏,兴衰经历元明清。
演绎晋商繁荣史,记录农耕汉文明。
九沟八堡十八巷,尊卑儒礼传承行。
层楼叠院雕画美,无愧山西紫禁城。

绵山

割股奉主垂青史,爱国忠君谁比肩?
贤德名冠儒释道,不食君禄隐绵山。
危楼依壁悬千丈,僧舍连云欲接天。
四海寒食同相祭,五湖共忆介公贤。

深山避暑二则

一

炎蒸夏日欲何藏,晓驾轻车入林冈。
百瀑飞泉浇白桦,清潭幽谷润花黄。
林森荫荫遮晴日,松风徐徐送微凉。
淳朴民风农家院,酒酣茶釅话情长。

二

雄鸡高唱黎明曲,百鸟和弦奏华章。
犬吠几声知行早,轻吟数句伴芬芳。
泉涓溪细村边过,屋后房前果柰香。
园小菜蔬将自给,田肥半亩有余粮。

北戴河

云水相连望眼穿,沙鸥点点忆征船。
挥鞭赋句随波逝,善恶奸雄饭后传。

家乡小河

清溪曲水绕村前,独立堤头忆少年。
蹚水摸鱼行八里,深游潭底扰龟眠。
柳枝经雨成新树,棱石磨浪角渐圆。
聚友盈樽悲白发,举杯珠泪已潸然。

易水随想

易水萧萧荡碧波,太行莽莽耸巍峨。
雄关惯看烽烟起,燕赵常听慷慨歌。
破浪飞舟思侠士,义无反顾赞荆轲。
古今荣辱兴衰事,落日熔金逝易河。

赴太原访友

因赴新婚宴,山西访故人。
杏花汾酒烈,顿顿不离唇。
情盛虽难却,斯文丧乙醇。
恨无太白量,斗酒敬诗神。

水墨周庄

淡墨周庄气若莲,白墙黑瓦隐悠然。
古桥静静思前世,舟橹依依忆旧年。
风月满园凭水韵,桨弹琵琶水当弦。
江南仙境超尘外,清风明月揽入眠。

登山

牙疾初愈喜若狂,小试牛刀踏松冈。
心海无涯天作岸,会凌绝顶赋诗章。

北固山怀古

北固楼前黯伤情,滚滚长江逝英雄。
公瑾英姿今何在?诸葛神谋化羽行。
群雄逐鹿灰飞灭,千秋霸业梦垂成。
江流不息奔东海,苏辛词韵万古荣。

花城

岭南春晓醉江霞,凤舞花城至客家。
霓彩缤纷明浩宇,灯光五色耀奇葩。
拥香揽翠开琼宴,坐论闲谈吃早茶。
六祖禅音尤震耳,云游四海向天涯。

游陶然亭

蓝天青若洗,徐步醉陶然。
君宇英年逝,评梅伴长眠。
沿湖观石刻,拾磴赏林泉。
嗔怨春光短,匆匆日已迁。

运河公园

潞水镜明荡古船,遥思隋帝梦琼莲。
漕河运景空留画,水陆空航境几迁?
桃柳和鸣春序曲,榆桥弹唱谱新篇。
茶棚话夕前朝事,多少英雄梦逝烟?

武汉印象

一

一城分三镇,两江贯中央。
通衢何九省?汇达岂八方?
洋务兴江汉,辛亥起武昌。
毛公挥手处,横渡楚天舒。

二

波平江水阔,镜透玉湖泱。
雨打樱花落,风送樟树香。
百年学府静,独羡少年郎。
鹤去楼犹在,诗文载世长。

呼和浩特印象

一

远眺阴山忆旧年,青城塞外起烽烟。
波涛阵阵黄河水,野草茫茫敕勒川。
胡服骑射图利便,和亲出塞为安边。
匈奴铁骑今何在?青冢幽幽惹我怜。

二

美貌惊落空中雁,才情更惹单于怜。
青冢难掩幽幽怨,香冢一缕梦中原。

三

大青山下敕勒川,敕勒歌把美景传。
于今草稀牛羊少,满路汽车到处跑。

四

莽莽苍苍敕勒川,毡房点点起炊烟。
长调低沉回声远,琴声悠扬舞蹁跹。

登昆明西山观滇池

苍崖万丈云横顶,绿水千寻月映波。
碧翠幽篁泉奏曲,浓荫垂翳鸟欢歌。
龙门鱼跃成仙羽,飞阁今登荡俗魔。
浩渺烟波天地阔,披襟岸帻与翁和。

西双版纳

金光妆佛塔,净水托莲花。
转瞬观新景,移身见异葩。
入乡三碗酒,遁世一壶茶。
岁遇层林缓,菩提爱傣家。

山溪

携珠溅玉绕山行,浅唱轻吟鼓瑟筝。
不忘初心东到海,义无反顾踏征程。

晋祠

晋水源头溯晋烟,古祠幽叙数千年。
闲云潭影流新岁,淡月星辉印旧泉。
鱼沼飞梁鹏展翅,群雕彩塑凤仪翩。
可怜多少前朝事,三晋钩沉一梦牵。

小住晋祠宾馆

满目馨芳绿,充闻百鸟喧。
闲鱼池上跃,松鼠草坪翻。
阁馆参差落,亭台列翼轩。
借用元亮语,心远地自偏。

秋山

闲来放足水云间,重彩浓妆画锦斓。
黄栌如金迷百谷,丹枫似火醉千山。
清泉飞浅穿花径,静水流深出险关。
何必长悲秋色里?心宽处处可偷闲。

小五台山

青峰石壁刺云深,灵塔庄严顶上寻。
泉瀑倾天飞白练,山溪扶地绕清音。
抬头遥见苍松影,附耳垂听老衲吟。
境自心生皆福地,人间处处有仙林。

云山

白云着意恋青山,缓缓缠绵绕壁环。
才傍峰峦舒曼舞,又随溪水入潭闲。

太行山

巍乎哉太行,南北割阴阳。
峰险留云住,山高断鸟肠。
千年遮不住,层石印苍凉。
任凭风云幻,擎天铁脊梁。

美丽海南

涌雪堆银势接天,金沙铺地鸟飞旋。
峰分五指连山翠,海汇三湾草木鲜。
振翅凤凰栖宝地,回眸神鹿隐尘烟。
椰风海韵撩人醉,气爽心清已是仙。

诗词·花卉篇

咏玉兰

花开白玉锦华时,独秀春风压兰枝。
绰约银装疑仙子,妒煞群芳己未知。

山桃花

一

几树红粉扮新妆,满坡白雪满坡霜。
山桃野杏各争艳,赏春游人看花忙。

二

烟花三月何来霜?春山远观着银装。
登高近看恍然悟,山桃野杏竞春芳。

赏荷花

亭亭净植伞绿蓬,淡雅清香菡萏红。
曲径回廊笼轻雾,水静波平鼓蛙鸣。
捉对蜻蜓频点水,咬尾闲鱼戏藻荇。
并蒂深处鸳鸯影,凭栏凝思忘前行。

咏荷

一

红衣绿伞粉面娇,洁身自好品行高。
因出淤泥尘不染,羞煞浮萍顺水漂。

二

不争早开慕春光,炎夏酷暑我独芳。
玉盘凝珠红粉艳,清风微徐淡远香。
出泥不染无媚骨,凌波濯涟自端庄。
岂因孤高疏挚友?品近兰菊意悠长。

三

亭亭伞盖碧连天,袅袅香荷濯玉涟。
欲楫小舟穿藕浦,恐惊鸳梦扰缠绵。
出泥不染传佳喻,故引骚人赞万千。
爱在清风明月下,却疑仙子降尘烟。

牵牛花

银河隔望两星遥,金风玉露盼鹊桥。
铁网无情分双侣,蔓破藩篱路迢迢。

月季

房前屋后寻常见,花圃街边处处香。
土壤不分贫与沃,耐寒耐旱花期长。
疏能盆养盈香袖,密可编篱筑花墙。
不饰娇柔真本色,顺逆泰然自芬芳。

梅兰竹菊

之梅

因怜冬日空寥寞,松竹同邀一树梅。
相得益彰参雪月,不招蜂蝶近花魁。
冰肌玉骨香飘远,踏雪闻香几度徊。
堪笑江南林和靖,与卿结发可凭媒?

之兰

馨香溢楚辞,蕙质醉唐诗。
空谷藏幽处,清高己不知。

之竹

削简献身编《史记》,回弯成就霸王弓。
瑶琴拨亮汉宫月,长笛吹来楚地风。
虚空安知无劲骨?高风示我有真功。
经霜历雪君安泰,玉海青青出山中。

之菊

曾倚东篱醉陶令,更着金甲媚入诗。
心远地偏隐者逸,与桃同放草王痴。
霜侵风劲花尤艳,独占秋芳莫怪迟。
抱死枝头终不悔,凡尘不染效兰芝。

芍药

莫道妖无格,群芳渐落时。
对花人已醉,只缘媚心驰。

茴蒿

植根山野云峰中,只伴乌金宝玉生。
天养洁蒿驱瘴秽,地生灵草飨春菁。
最宜腌制和面食,不耻饕餐胃腹撑。
更为家兄亲手摘,根根叶叶总关情。

海棠

一

画笔难描三两枝,迷人最是半开时。
春风有意涂颜色,彩蝶无心着粉脂。
雪绽霞铺凝玉泪,蕊娇叶嫩展华姿。
恐因夜雨花零落,捉笔携觞倚树诗。

二

硕果盈枝堪可摘,海棠何故二度开?
不甘秋过萧萧落,竞向西风示重来。

丁香

轻紫淡兰愁笼节,幽人雅趣素娇娥。
不同芳众争红艳,风送馨香醉欲歌。

风荷

晨风吹荷艳,珠玉荡清波。
何故蜻蜓去,因惊岸上歌。

郁金香

祖居西域高原中,夸酒兰陵恰重名。
玉盏千盅施酒令,彩旗五色号雄兵。
超凡致雅吟花语,隽永清新识寄声。
浓抹晓妆才出镜,艳赢芳众客心惊。

并蒂莲

并蒂花开别样红,凌波袅袅淡摇风。
若非同度经年苦,焉得连枝共此生?

晨光荷趣

静浦青莲看不足,香花含露叶凝珠。
晨风荷趣邀红日,不染纤尘入画图。

浮萍

静水流迟泊玉萍,凝悲载泪叹伶仃。
浅根寄命随流水,几度浮沉几度停。

醉花香

春风秀岭南,新岁酒正酣。
醺醉非缘酒,花香沁老坛。

郁金香

金盅玉盏排方阵,姹紫嫣红各举觞。
蚁哨登高探花讯,偷窥满圃郁金香。

牵牛花

柔藤青蔓附高枝,搔首弄姿着粉脂。
无骨软身难自立,但凭喇叭媚花痴。

玉兰

年年争放早,岁岁送馨香。
好与东风舞,先登粉墨场。
影摇庭月冷,素艳炫霓裳。
共饮千杯酒,皆因洁自狂。

曹州牡丹

一

国色天香开富贵,连阡接陌醉双眸。
花分九色冠三界,品列千余甲五洲。
美艳频遭桃李妒,施妆每教丽人羞。
携壶对饮眠花下,唯恐凋残不胜愁。

二

百花丛中独尊王，占尽人间第一芳。
国色倾城降富贵，瑶台仙子落凡乡。

樱花

几株早樱竞先开，一派春光入眼来。
似报梨园香雪海，怕迟花讯上高台。

海棠

一枝红粉透东墙，半着胭脂半素妆。
笑仿子瞻恐花睡，不关灯火不关窗。

荷香

翠盖连天碧,清风满荷塘。
凌波亭玉立,摇曳袅盈香。
绿伞凝珠润,红颜绘粉妆。
爱莲同予者,元皓笔流芳。

诗词·生活感悟篇

心迹·四季

心慕闲云胜觅侯,
天宽地阔一沙鸥。
糊涂明白凭醒醉,
处世无争水长流。
常将利舍能得利,
皆因自律故自由。
冬来秋去容时序,
何惧霜雪染白头。

春日有感

一

百花齐放苦争春,黄娇红艳彩缤纷。
低头却见花瓣落,问君如何驻光阴。

二

未解雕鞍千事重,不觉窗外正春浓。
忽闻枝上黄莺语,举首攸惊杏花红。

三

东风唤醒各争妍,你卸新妆我着胭。
姹紫嫣红呈本色,浓香淡雅现天然。
青青杨柳春风岸,艳艳桃樱绿水边。
须记光阴从不待,为酬壮志自扬鞭。

四

一夜东风染绿绦,花开次第领风骚。
不知春去时逾半,还恐西山隐碧桃。

五

忽秀芽黄柳未匀,满园花木色初新。
东风送暖春如梦,乍暖还寒幻似真。
低首才看梅萼绽,抬头又见玉兰缤。
惜春当趁花开日,莫待花枯再问津。

春雪

一

弱柳柔丝绿待丰,桃红梨白色将浓。
忽如一夜春之雪,飘落清明冷似冬。

二

初雪迟来紫禁城,鹅毛漫舞起樱花。
均沾草木添欣喜,好送春音劝早耕。

立夏感怀

一

无可奈何春老去,不须相约夏新来。
但悲白发侵双鬓,逝水东流唤不回。

二

曲水流芳甸,云横翠岭巅。
溪清鱼戏底,汀绿鹤栖眠。
身静从规律,胸宽适自然。
幽幽长夏里,雨露润心田。

三

暑热翩然至,晨夏映满天。
草生阡陌路,花艳野渠边。
身与流云动,心随玄鸟悬。
凭虚舒长啸,即景醉林泉。

四

清溪九曲环芳甸,柳岸莺啼恰恰风。
浅底衔沙鱼自乐,花间逐粉蝶从容。
草深蛙鸣催鼙鼓,林荫翁闲学太公。
夏日悠悠长似岁,清凉原本在心中。

又见荷开

清风晨夏送微凉,莲叶无穷碧满塘。
又见小荷初露角,光阴似箭逝匆忙。

落叶残荷

一

冷露生霜百草伤,荷残蓬败泣枯塘。
繁华落尽归平淡,盛极而衰亦寻常。

二

满目萧条意性阑,小园荷叶尽凋残。
寻踪夏日花存镜,再访冬天倩影寒。
注目残蓬怜瘦影,聆听芳魄话孤单。
丹心不悔藏冰雪,且待春来合自欢。

秋

一

天高水寒雁南归,草枯花败黄叶飞。
月浸西楼清辉冷,菊开东篱任霜摧。
不在百花丛中立,独立寒秋暗香吹。
提壶醉吟黄巢令,真意对君频举杯。

二

竹声飒飒入窗来,卧听商风不胜哀。
晓推柴扉轻步举,凄迷落叶上台阶。

三

沿河欲觅归何处,满目秋华影婆娑。
几穗蓼红惊醉眼,一湾荷绿挽秋歌。
荻花摇曳描湖水,白鹭翔飞写碧波。
只道春光无限好,岂知秋色更婀娜?

秋日游园有感

一缕愁思无端起,半晌偷闲小园幽。
衰柳随风晴空碧,落叶缤纷送寒秋。
悲秋悻悻将归去,翁妪相偕入眼眸。
华发银丝神矍铄,长椅并肩话语稠。
一颦一笑含默契,举手投足显温柔。
演绎夕阳无限好,诠释秋日胜春候。
此情此景似曾见,更添相思上心头。

初秋

菊艳荷伤气转凉,夜风吹雨入愁肠。
书生意气怀奇志,白马银枪梦拓疆。
长叹只缘光逝短,悲秋多为鬓添霜。
青锋拭罢藏深鞘,散发扁舟行四方。

秋月夜

一帘明月笼秋峰,香桂盈庭色正浓。
索句拈须难达意,漫听窗外唱寒蛩。

秋雨

一

一场秋雨一场寒,落木萧萧景物残。
夜半更深难入梦,孤灯照影独凭栏。
夜长似岁愁无绪,事乱如麻理莫烦。
欲借曹公排忧酒,但求酩酊解心宽。

二

望断孤鸿霞落尽,山盟曾许莫忘归。
无常人事虽遗恨,循道藏真志不违。
秋雨梧桐愁苦味,西风落叶绪纷飞。
廊前伫立残躯冷,已觉深寒露透衣。

秋韵

一

清河水缓幻云光,古郡秋妆靓广阳。
红艳黄娇神笔绘,果然秋色胜春芳。

二

丹桂香飘远,栌枫色欲红。
残荷垂白露,缺月透梧桐。
寒近蛩声迫,霜轻荻穗丰,
鸿飞萧瑟处,菊酒慰秋风。

咏秋

一

七月流火气转凉,商风初起叶催黄。
虫鸣四壁声声叽,似叹愁人白发长。

二

缭乱西风吹叶残,惊鸿雁阵碧空寒。
侵阶冷月凉如水,照壁孤灯影独单。
岁月无情秋易老,轮回有序宅心宽。
菊黄正艳酬花眼,故把悲秋弃笔端。

三

静坐秋光里,闲看落叶飞。
长空鸿雁远,落日暮鸦归。
菊盛疏篱艳,枝残老树稀。
经霜何必怨? 此季蟹正肥。

醉秋

初晴霁雨后,薄雾笼寒山。
岭上红霞醉,峰前彩叶斓。
金黄铺古道,丹紫挂枝闲。
秋韵胜春曲,潜林不欲还。

小雪时节

小雪时节瑞雪扬,寻赏佳景离书房。
天鹅换羽漫空舞,玉龙卸甲乱无章。
树树梨花盈万朵,皑皑素装纳千祥。
江山万里无异色,兆示丰年好种粮。

雪

一

皑皑琼玉纳千祥,树树梨花着素装。
白鹤脱袍漫空舞,天鹅抖羽落无章。
冰魂水魄梅为骨,映雪孙康百世昌。
质洁冰清芳自品,何曾输却一园香?

二

元启年关天喜雪,琼花片片漫飞迟。
兴来注目西窗下,鹤羽鹅毛压竹枝。
掬雪烹茶佳客至,暖炉煮酒赋新诗。
明朝挽手携琴去,上苑寻梅正当时。

三

两盏三杯无趣味,忽惊新雪夜空扬。
疏林素影银光闪,梅蕊浓妆送暗香。
拟逞轻狂图一醉,却惭双鬓染秋霜。
岁华如水东流去,意气随风黯举觞。

雾凇

北风吹雪又逢冬,冰柳银花绽玉容。
莫道严寒无秀色,松花湖畔有仙踪。

元旦快乐

年年难过年年过,年年精彩。
岁岁更新岁岁新,岁岁平安。

跨年

静送流光去,阳春待欲回。
磨难庚子事,谈笑付烟灰。
身当为老骥,心知不必催。
跨年辞旧岁,共进酒一杯。

岁末

寥落长天远,陈情向紫烟。
春风情易逝,秋雨梦难眠。
壮志随潮起,人生宿命牵。
海边空闻叹,近岁失华年。

拜大年

牛踏春风款款来,鸿钧律转早梅开。
躬身拱手过年好,体健身康发大财。

2015 年春节

冰破河开物华新,梅报三春柳待匀。
好景逢时心花放,频添美酒酌满杯。
网络微信传佳音,吟坛寄意畅心扉。
祝福新年万事吉,共度良宵乐开怀。

元宵节

火树银花照天明,狮跃龙飞舞升平。
霓虹辉映花千树,彩车高跷串街行。
射虎频惹佳人笑,联对更招才子情。
千家万户团圆夜,扶老携幼赏花灯。

元宵

天上冰轮满,人间彩夜明。
观灯车马过,赏月伴花行。
醉看鱼龙舞,醒惊鼓乐鸣。
年年花相似,岁岁业更荣。

二月二龙抬头

行云布雨乍抬头,龙醒阳春万物柔。
薄雾烟村黄鹂语,青牛牧管笛声悠。
净须理发祈年顺,开笔正冠盼志酬。
莫负时光身意动,寄情山水自风流。

端午悼屈原

一

滔滔湘水噬英魂,不苟偷安浊世存。
一曲《离骚》千古诵,仰天太息失昆仑。

二

伟辞逸响赋《离骚》,性洁心清谁比高?
弘美弃秽扬美政,忠贞耿直忍煎熬。
逢时不济千古恨,浊世独醒赴波涛。
无限情思问流水,把酒凭吊泪滔滔。

三

千古汨罗水,悲情逐浪高。
无人释天问,有士传《离骚》。
湘瑟知高雅,芝兰晓洁操。
岂能同污秽?以死赴滔滔。

七夕

云阶月地锁千重,银汉迢迢不相逢。
鹊架星桥经年见,离情别绪恨难穷。
藤下卧听呢喃语,似解相思无限浓。
欲借神舟载工匠,石桥永固蠹苍穹。

下元节

冷彻冬严下元时,祖先寒否几人知?
野冢荒草凭谁问,歌管楼台枉自痴。

中秋

一

中秋无月心有月,丝丝细雨润彩叶。
阖家团聚情浓郁,美酒佳肴恣欢谑。

二

杯中看月影,人生思几何?
纵酒良宵度,乘兴且放歌。
春华韶易逝,岁月本蹉跎。
莫复中秋月,年年照海河。

三

谁磨玉镜挂中天,桂影婆娑舞广寒。
银汉波波霜色冷,浮云缕缕化飞烟。
泠泠玉露珠光满,朗朗银华瑞气宣。
值此天涯同相贺,月圆花好共婵娟。

晨练有感

一

启明星悬,单照我无眠!群山万壑朦胧间,百鸟鸣正酣。
雄鸡啼早,独行天欲晓!登高望远天地宽,心比晨风飘。

二

莫道我行早,君行晨未晓。
同是不眠人,相思知多少。

听香月下

草青花艳暗香袭,夏虫和鸣曲亦奇。
款款祥云伴月舞,点点繁星追不及。

咏蝉

深穴藏经年,数蜕展玉颜。
洁身饮琼露,声高唱清廉。
暑热浑不怕,生性只畏寒。
莫道君命短,喻世有名篇。

落叶

一

春夏满园尽芳菲,一夜秋风叶落归。
枯荣有序识进退,不为寒冬暗自悲。

二

冷气寒潮催落木,漫空飘瑟惹人怜。
随风进退安由己?聚散凭缘只问天。

枯枝

昨还绿叶嵌枝头,今已枯颜面对楼。
寒气袭袭终有日,花开暖至莫发愁。

50周岁生日

一

白云苍狗逝韶华,转眼已过半生涯。
夜深无眠思旧事,半是蹉跎半挣扎。

二

老来得子父心宽,如获至宝娇宠酣。
呼奔山野任童趣,学业无成荒少年。

三

子承父业职金融,也曾奋进求仕通。
无奈秉直难同流,委曲求全志难酬。

四

愤辞公职入商海,竞帆逐浪任翱翔。
事业有成家兴旺,双亲天国可心宁。

诗友会题诗

鸿坤开盛宴,诗友会华堂。
神交本已久,相聚谊更长。
酒酣不知醉,高谈论国殇。
后学知己短,诸师勤评章。

诗友会后感言

吟谈畅叙贵相知,不求名利不必痴。
返璞归真浑天然,雅俗共赏赋新诗。

游滨河公园有感

一

翠柳舒柔舞垂帘,桃红杏粉绽玉兰。
午休游园惊春满,衔泥归燕筑旧檐。

二

曾经花艳满荷塘,招蜂引蝶身影忙。
一夜西风凋碧树,叶败枝残愁客肠。

三

朝霞漫透水接天,星伴弯月碧空悬。
小桥驻足寻鸳影,忆惜往日并蒂莲。

乡情

暮春归乡踏歌行,草长莺飞绿映红。
自在鹳鹤凌波舞,戏水鸳鸯影随形。
水秀山清田园美,风景画廊诗意浓。
莫道江南风光好,独恋家乡无限情。

失意时节自勉

早知四大皆是空,何须劳心费融通?
功名利禄随风去,留下妙笔写丹青。

题画

谁泼绿黛染青峰,画笔难描万壑松。
白云悠悠千古事,俱随淑景有无中。

静思

枕石观流云,倚松听响泉。
遐思飞天外,偷得半日闲。

刘大勇提

得陇望蜀平常事,少年谁无凌云志?
玉碎未能着玉带,时不当兮骓不逝。
王公将相宁有种? 做金当要足其赤。
人活百岁就枯木,岂因祸福避趋之?
拼得一剐创大业,管他哪天是祭日。

羡儒和

蒙屈贾谊有圣主,癫狂阮籍哭穷途。
高洁孟尝空怀志,匿隐梁鸿在明时。
贪心不足蛇吞象,志高还需德声望。
君子安贫顺天命,不识进退悔误迟。

泳坛赞

泳坛多年阳气衰,五朵金花冠红颜。
巾帼挺胸须眉叹,企盼张顺转世还。
百米飞鱼战喀山,突破强敌勇争先。
创造神奇载史册,泽涛扬威谱新篇。

唱

清泉何过变浴汤,素手哪堪折兰香?
若得修禅心入定,怎惧意马不收缰?
夜夜思君何其苦,飞星传恨枉断肠。
形色皆空虚妄相,一副皮囊尘土扬。

和

玉足濯清泉,纤手折幽兰。
不敢长相对,唯恐心腾猿。
夜夜总思君,恨由飞星传。
雎鸠在河洲,孤帆何日还?

感慨

一

暮云层叠遮落日,明霞一缕映山堂。
梵钟三声客散尽,寒鸦数羽断人肠。
窗外闲月窥相思,架上紫藤缠枯枝。
杜鹃似解其中意,啼彻寒空惹人痴。

二

静看云追月,闲观叶隐花。
友聚三碗酒,尽兴四泡茶。
结庐尊陶令,参禅想袈裟。
双鬓生华发,近暮日西斜。
宁移白首心,壮思走天涯。
不坠青云志,夕阳醉晚霞。

三

因知夕阳晚,更重向晚晴。
忍得五更漏,妄思穿时空。
酒香出陈酿,劲草识疾风。
弥坚任磨砺,苦在不言中。

四

半百羞知鬓染霜,性情耿介藐豪强。
纵横四海邀明士,心系天涯汇八方。
疾恶如仇存正义,从善如流效忠良。
不觉膝前儿孙绕,乐享天伦醉未央。

为大正师骑行宝岛台湾作

年逾花甲小试刀,千里轻骑盖九霄。
飞轮霍霍疾如箭,铁骨铮铮胆更豪。
阿里山秀闻君笑,日月潭清洗尘嚣。
文登大雅为人师,武德双修远香飘。

抒怀

雨打梧桐气转凉,孤雁南飞草凋伤。
寒蝉衣薄先觉冷,清风习习晚添裳。
怯登高台狂吞酒,怕见萧疏露结霜。
潭深波碧幽几许,秋水伊人在何方?

阅兵仪式有感二则

一

勿忘昔国耻,世代鸣警钟。
巍巍大中华,百业待复兴。
军威震寰宇,雄风举世惊。
强敌虽环伺,同仇一扫清。

二

军威浩荡非示强,勿忘前耻忆国殇。
积贫积弱亡国辱,自尊自强耀东方。
反腐倡廉兴宏运,依法治国民生昌。
警鉴钟鸣时自省,复兴大业路漫长。

怀柔农家小院记

门前翠竹识雅韵,屋后瓜果飘醇香。
初秋风物溢满院,闲暇偕妻共观光。

听雨

雅坐兰轩听秋雨,低吟浅酌思故乡。
绿肥红瘦已难寐,有叶无花更心伤。

踏雪寻梅

雪花飘落暗香奇,独步幽径任寒袭。
踏雪寻梅时尚早,望穿秋水不见伊。

叹屈子

梦赴屈子约,冰心共相诉。
问君愁几许？清浊不同路。
濯足与濯缨,去从两难悟。
众醉我独醒,宁可葬鱼腹。

史话

王侯将相宁有种？各持己见论纷攘。
历史长河均可鉴,得道多助胜强梁。
大风起兮云飞扬,威加海内农家郎。
珍珠翡翠白玉汤,祖宗三代事田桑。
长缨在手缚苍龙,冲出韶山半亩塘。
遐迩一体成大统,仁义道德率宾王。

品茶

明前雪芽竹叶青,峨眉云雾孕香茗。
水晶杯看雀舌舞,浮沉起落喻人生。

乡愁

童年记忆梦里花,乡愁伴君到天涯。
纵使明镜悲白发,不改初心情无瑕。
几番磨砺终不悔,饱经沧桑更恋家。
闲时沽酒思三益,静里捧卷听琵琶。

雨巷

深巷听润雨,隔窗看落花。
条石明如镜,青苔印路牙。
伞低遮丽影,应是玉容华。
履响声声远,携春入谁家?

东湖港

拒马扬波迎旧客,孤山含笑续新朋。
饮尽乡愁醉丽景,品透春茗悟无常。
知音难觅生苦短,莫笑痴迷春梦香。
明月有情伴双影,惺惺相惜话语长。

晚霞

落日孤城彩霞飞,水流云静乌鹊归。
莫悲黄昏催人老,壮志暮年显神威。

酒后

都言岁月催人老,无镜安知鬓染霜?
酒后恍然惊旧梦,半为清醒半为装。

与友相聚

闻香思故忆当年,二十年后又举觞。
话题多是"前朝"事,只恨量不与岁长。

酒醉独行

蹒跚行步散,霓彩乱人睛。
摇摆身不定,高歌曲有声。
众人讥我醉,我怪众人清。
地阔任驰骋,天宽凭我行。

赞女排

巾帼从不让须眉,五冠封王写传奇。
因遇低迷沉谷底,郎帅挺身铸铁军。
卧薪尝胆终不悔,理想不灭志不移。
智勇双全榔头硬,苦战拼搏每一局。
里约赛场扬国威,愧煞儿男缩头低。
十二年后重崛起,女排精神长城基。

品茶二则

一

独饮茶无味,静来听鸟音。
室外春不在,画内草常新。

二

铜炉玉碗铁观音,携来洞庭一壶春。
浅饮轻尝少一味,素手拈香绿罗裙。

思悟

一

伤春悲秋千般意,明月相思万种情。
阳关三声音未尽,天涯孤旅客欲行。
残荷有泪滴寒水,独梦无情断鸿声。
浊酒难消终遗恨,心随浮云伴征程。

二

秋风涤弱柳,明月照清河。
款步滨河畔,低头自吟哦。
红尘多纷扰,世事更蹉跎。
叶随风进退,人逐利奔波。
祸因积恶广,福缘善庆多。
禅心存一片,处处有弥陀。

小年

爆竹声渐密,车船客满员。
家家忙祭灶,户户扫尘烟。
故友频相聚,餐餐酒中旋。
醒时羞对镜,醉里迎新年。

金鸡拜年

一元复始开阳泰,辞旧今宵更振啼。
铁喙金钩除毒豸,锦袍红冠勇无敌。
司晨醒世忠于守,文武仁信五德齐。
闻鸡起舞听浩韵,阖家欢庆迎大吉。

清明踏青

阳春烟景召行程,郊野寻芳洗俗情。
芳草初青黄半褪,嫩芽新出绿全萌。
碧桃万朵红花海,玉树千株紫气荣。
欲赏春华须趁早,莫临花落叹悲声。

观《人民的名义》有感

利欲驱人万火牛,追名逐利几时休?
权倾朝野存荒冢,富压神州藏一楼。
金谷园欢今何在? 恭王府贵后人游。
可怜多少英雄汉,不洗贪心落下囚。

晨趣

水蓼荷争艳,天光浅底来。
远观垂钓者,静坐钓鱼台。

雨夜酒后自嘲

雨夜洗喧痕,空壶对空樽。
餐前襟正坐,饮罢语无伦。
假意逢迎秀,真情酒后言。
纵然天大事,醉里有乾坤。

玉露·晨阳

莹莹玉露怜芳草,缕缕晨阳洒长堤。
雨露阳光亲万物,岂分贵贱与高低?

贺大哥新书出版

江山无限情无限,旅履情思缕缕牵。
笔秃屐残终不悔,发苍齿豁步更坚。
天涯海角寻霞客,古道阳关访圣贤。
耿介率真行者路,志存千里夕阳篇。

北京的蓝天

天宫何事喜开颜,漂洗浮云刷湛蓝。
不染纤尘同一色,放飞群鸽去探班。

童心未泯

半百挥鞭抽汉奸,时光穿越忆童年。
行人不识余心乐,暗笑此翁太疯癫。

贺港珠澳大桥

一桥飞越伶仃洋,万众欢腾国运昌。
潜入龙宫穿隧道,跃通天堑架金梁。
内连三地成齐统,外展八方纵宇航。
可笑宵小难自量,当车螳臂必然亡。

金庸先生仙逝

千古传奇赞大侠,笔如利剑写江湖。
忠肝义胆英雄梦,侠骨柔肠玉女图。
生死不辞家国事,锄强扶弱斗顽徒。
香江日落西行去,一代文宗世上无。

半百人生

半百人生苦难多,浮沉起落受天磨。
羡儒克己终不悔,无愧于心向天歌。
风雨征程路坎坷,半百人生苦难多。
韶华易逝随流水,何曾因谁倒流过?
长啸一声震山河,人生无悔笑蹉跎。
半百人生苦难多,淡定从容且呵呵。
尊孔崇儒周公礼,中庸克己贵平和。
晚年是否应慕道,半百人生苦难多。

安

人生苦短但图安,弃利抛名行自宽。
得失随他浑不问,是非于我何相干?
钟情山水凝真气,着意诗文练笔端。
无欲无求心至乐,东篱把酒尽余欢。
人生苦短但图安,世态炎凉冷眼观。
富贵在天浑不问,死生由命论哪般。
庄公梦蝶存真道,陶令归舟隐净坛。
无欲无求心至乐,东篱把酒尽余欢。

辞旧迎新

话梅煮酒待明天,文火烹茶跨旧年。
伤感多因名利梦,烦愁皆为逐尘缘。
随风往事清零过,流水光阴任变迁。
有酒今朝须行乐,何须咏叹自生怜?

除夕·守岁

围炉守岁无眠夜,笑语千家乐未央。
玉犬回宫辞旧事,金猪降界纳新祥。
小童捂耳燃花炮,老叟倾杯饮杜康。
迎送一宵须尽乐,莫因逝短暗神伤。

花朝节

欲放还羞蕾满枝,花神二月正当时。
满园春色留君伫,对此焉能不赋诗?

梁山感怀

聚义厅前暗觉寒,招安叛反两相难。
锄强扶弱情非错,快意恩仇法网拦。
劫富济贫违国律,替天行道触权坛。
纵然不走归降路,未可长持酒肉欢。

偷闲

客雅壶新煮老茶,杨花飞絮漫听笳。
只缘禅道于心处,放鹤观鱼待日斜。

赋闲

曲苑荷香草木森,南风催送暑登临。
松声竹韵依然古,伞叶莲花不胜今。
对景赋诗人未老,携壶聚友自欢心。
芳园畅叙谈天地,何似兰亭曲水吟。

晚霞

远看西山落日晖,近听秋水载云飞。
莫悲天意黄昏老,阳澄湖中蟹正肥。

庆祝中华人民共和国成立 70 周年

风雨赶考七十载,答卷呈上举世惊。
援朝抗美国威震,"两弹一星"吓鬼雄。
"多快好省"齐努力,大干快上百业兴。
工学大庆农大寨,争做建设急先锋。
一穷二白从前事,改革开放再乘风。
大国制造扬国器,科技发展领先行。
"嫦娥"飞天穿宇宙,"蛟龙"入海戏龙宫。
青山绿水环境美,海晏河清乐升平。
不忘初心强国梦,国富民强唱复兴。
万众欢度国庆日,盛世辉煌照汗青。

国家公祭日

谨记金陵血泪沱,隔江犹闻怨魂歌。
温良贫弱遭屠戮,麻木无争怎奈何?
龙起深渊图励志,狮腾高谷醒南柯。
壮心筑梦开盛世,国强方能息刀戈。

峨眉山雀舌

一帘春雨润青山,撷取新茶待客还。
诗雅书香宜入静,卧听黄雀啭乡关。

武汉加油

腥风迷雾笼山河,病毒无端鼓逆波。
微信传媒谣四起,妖言惑众竞传讹。
国难方显英雄色,雷火山成镇毒魔。
天使众民齐努力,扫除瘟疫奏新歌。

送瘟神

紧闭蓬门勿出入,隔窗望路少行人。
千般无计餐无味,百种闲愁懒冠巾。
倦读诗书嫌费眼,少斟杯酒怕伤身。
逆行幸有真天使,灭尽瘟君好复春。

偷得浮生半日闲

惜春睁醉眼,扶杖强登山。
桃艳花争灼,泉清水愈潺。
拨丛惊雉去,栽柳待燕还。
汗湿粘华发,浮生半日闲。

归隐

息心名与利,抒意向金乌。
纵酒今朝醉,谈诗友不孤。
桑榆犹未晚,莫叹逝东隅。
耕垄南山陲,残生远江湖。

洋槐花开

人间四月芳菲尽,忽闻风飘缕缕香。
银雪压枝千簌锦,荒年果腹适饥肠。

病中记

夜深难寐飞思绪,头疾无端苦相催。
盼得华佗今再世,暗将曹公骂千回。

问月

匆匆岁月几多难,未了尘缘莫苟安。
浊世偏多风和雨,平生岂少苦与酸?
人前荣华皆称易,背后艰辛自觉寒。
且将愁心浇涩酒,仰天问月醉凭栏。

追忆

往事常常梦里游,浮生半百忆从头。
无知懵懂多经雨,世事方明已至秋。
真我真情凭众议,半甜半苦有天酬。
扁舟一叶乘风去,归隐田园学放牛。

怀思

暑往寒来夏复秋,夕阳西下水东流。
时来富贵皆前定,运去贫穷枉费谋。
事遇机关须绕步,人当得意便回头。
将军战马今何在?野草闲花处处幽。

中秋月

江边追月影,桂下觅嫦娥。
乘时良宵夜,纵酒且放歌。
韶华真易逝,岁月更蹉跎。
唯见中秋月,年年照玉河。

寄情山水

终成未老自由身,悦海游山散淡人。
摇橹夜追彭蠡月,抱坛醉卧雪乡屯。
三江野色三秋景,九岭松风九陌尘。
似水年华吟里过,胸中永蕴一庭春。

和汪师

真真切切呼唤声,斗罢骄阳战西风。
酷暑难挨经三夏,冰寒且忍度九冬。
白首尤尽绵薄力,花甲不让赛后生。
褒辱弹赞由他去,毁谤讥嘲笑着听。

时至岁末,心情不错。
师友小聚,平安度过。
佳肴得尝,小酒也喝。
指点江山,消些落寞。

聊聊闲事,上堂大课。
看似不经,颇有收获。
管理经验,佳片大作。
平淡人生,全都是乐。

和永年弟

聚会花亭,共叙友情。故旧新知,谈笑风生。
花雕美酒,味道正浓。分享快乐,话语真诚。
情趣相投,画意诗情。珍贵礼物,透着真诚。
老中青年,难得相逢。平安之夜,心绪难平。
人生在世,与友同行。工作生活,风雨兼程。
闲来小聚,小酌品茗。诗书摄影,有形无形。
丰富生活,色彩纷呈。新的一年,更上一层。
平安之夜,祝君安平!

与友游千灵山感

千灵山,京西峰顶佛洞天,击灵鼓,心愿祝君安!
千灵山,与君携手曾登攀,遗憾否?只身形更单!
千灵山,美好记忆印心间,终有日,把酒两相欢!

无题

一

琅琅书声和琴韵,淡淡茶香漫画堂。
不求闻达心如镜,《中庸》《道德》益寿长。

二

凄风苦雨难遮晴,能忍天磨自会赢。
夜短夜长终有梦,且行且做踏征程。
花开花败寻常事,何惜阶庭满落英?
守得初心真意在,无须计较与纷争。

三

穷经汲古守清幽,日省吾身慎独修。
知命安分遵礼道,宁心致远写春秋。
由天富贵须勤奋,无愧于心勿强求。
荣辱不惊知进退,去留无意驾扁舟。

四

案牍昏昏劳顿重,踱行窗外醒春蒙。
闻听枝上黄莺语,举首攸惊杏蕊红。

五

樱花落,柳絮腾,斜月透梧桐。
芳园长椅两相拥,春浓情更浓。
离愁怨,聚欢颜,相对露华容。
清风一度月下逢,人间重晚晴。

六

半百浮沉乱世间，但悲风雨蚀朱颜。
时光逝比三江水，名利重如五岳山。
恍梦醒时生白发，功名忘处过玄关。
洁身独善休贪事，塞耳装聋只爱闲。

七

忆否春风过岭前，芳菲斗艳各媢妍。
桃花灼灼勤蜂舞，柳叶青青闹雀穿。
落木萧萧今又去，繁华落尽状凄然。
天公何日降银粟，踏雪寻梅玉垒边。

八

往事无端梦里游，
浮生半百忆从头。
少年懵懂多经雨，
世事方明已至秋。
真我真情存善迹，
半甜半苦有天酬。
扁舟散发乘风去，
归隐桃源学放牛。

峨眉山的冰杜鹃

不要以为这是冬天,
这是春天,
是峨眉山的四月天。
不要以为这是寒梅,
这是杜鹃,
是峨眉山的冰杜鹃。
云雾在脚下忽聚忽散,
杜鹃在冰雪的山巅上吐蕾绽放。
冰雪裹住了她的身躯,
却裹不住她傲人的娇颜,
那皑皑白雪中的一抹艳红,
惊艳了双眸,点悟了人生。
万年寺悠远的钟声,
似在诠释普贤菩萨的十大行愿,
在金顶舍身崖凝望云海,
若隐若现的峨眉宝光,
心怀一颗虔诚的心,
那份宁静,那份安详,
不知不觉便融化其中。
像冰雪中盛开的杜鹃,

沉醉在你博大的怀中。
冰杜鹃,
我心中的圣莲。
峨眉山,
我心中的圣山……

细雨

雨,我想对你说
别下了
不是因为我不喜欢你
是因为你
使天空变得如此阴郁
勾起我无边的思绪

雨,我想对你说
别下了
你困住了我的双脚
却倍增了我的相思
让我无数次咀嚼
苦涩与甜蜜

雨,我想对你说

别下了
还天空一片蔚蓝
给群山满眼翠绿
是因为我
要在这无垠的山野中
与伊相遇

回顾 2015 年

数日的雾霭沉沉,已经忘记了
曾经的阳光明媚是何时
望着书桌上仅剩的几张台历
时间像是瞬间翻阅到了
2015 年的最后一个周末
一丝伤感紧锁眉头
时光带走了曾经的勇莽
却留下了如今的沉稳
岁月带走了浓密的黑发
却留下了两鬓的霜痕
这一年业已成辉志亦坚,身游神州心未老
看似平淡无奇,但激流暗涌
虽小有成就,却也披荆斩棘这一年
最念,家乡的小河和河岸上的顽皮

最恋,满塘荷花和花间的杨柳依依
最忆,禅林中的银杏和树下的牵手
最想,千灵山峰和峰顶擂鼓的祈盼
韶光易逝,半百人生
少了清浅幻想多了深刻担当
淡了激扬烦冗重了沉稳简单
懂了草色烟光残照里的柔情
有了不随落叶舞西风的练达
2016年带上
不以物喜不以己悲的行囊
继续前行……

古桥遐思

努力想抓紧2015年的尾巴,
却被它无情地挣脱,
古桥上的雕刻,
被岁月慢慢地打磨,
轻轻流淌的是,
时间与桥下这条小河,
风也有,
雨也落,
一蓬蓬蒿草,

用枯荣诠释着四季轮回的歌，
桥面石板上，
印着千年来一道道车辙，
一切的一切都会化作尘埃，
飘过……

琉璃河古桥

沉睡了千年的古石桥
是何其有幸
与君有了美丽的邂逅
从此被赋予了新的生命赞歌
春夏秋冬，不再独自默默承受沉重
有人为你记录
岁月在你身上的雕刻
时间像桥下轻轻流淌的小河
终于有人听懂你轻轻吟唱
四季轮回的歌
风也过，雨也落
有人为你千年来印下的道道车辙
流泪，讴歌

爽约的雪

我和雪花有个约定
当 2018 新年的钟声敲响时
我们在北京相遇
可是,你未能如期而至
害得我在漆黑如墨的冷夜里
等待、不安、张望……
终于没有等到你
于是
我决定到千里之外
你的家乡去看你
我质问你为何爽约
你回答,你们那里充满灰霾
化学的空气
已不适合雪的生存、呼吸
我说,你的家乡空气虽然洁净
但贪心的人利用你
让你变成助纣为虐的工具
你的脸变得更加惨白
歇斯底里地喊
我要迁徙,但也不去你们那里

于是你跨过北京向南
去寻找你理想的天地
所到之处
有惊喜,有措手不及
我不想再刺激你
轻声地问一句,找到了吗?

诗词·节气篇

立春

东风送暖万物生,蜇虫始振梦初惊。
剪彩为燕催杨柳,沉鱼上潜负碎冰。
袅袅青幡驱残雪,款款春牛劝早耕。
且待一夜润物雨,好见漫山杏花红。

雨水

一

乍暖还寒正月半,细雨无声落旧檐。
草木萌动芽欲吐,鸿雁北归暖讯传。
清渠蓄水浇春麦,农家自此不得闲。
只识面香开盛筵,谁思汗雨养肥田?

二

烟笼江城战疫艰,岂容毒患误春还?
东风不忍人闲处,新雨丝丝洗绿山。

惊蛰

一

隐隐春雷百虫惊,启蛰唤醒万物生。
九尽微雨催新卉,岸柳初黄欠东风。
凭窗但见桃绽蕾,捧卷渐闻布谷鸣。
一刻千金不容怠,荷锄在野忙春耕。

二

蛰启物候新,芽黄柳待匀。
凶霾遮不住,且看一枝春。

春分

昼夜均分春色间,东君徐缓送飞鸢。
忽如一夜花期至,淡粉初施柳似烟。
陌上梨花开胜雪,庭前玉树绽瓷妍。
蝶蜂传蜜争新蕊,紫燕双飞筑旧椽。

清明

风清景明始见虹,杏华桃艳草色青。
插柳无心成碧树,植株有意育梧桐。
秋千倩影闻嗔笑,郊野踏青沐春风。
慎终追远含清泪,民德归厚忆远宗。

谷雨

一

造字之功德感天,欣施粟雨慰先贤。
埯瓜点豆勤劳作,播种追肥切莫延。
岭上茶姑拈翠叶,堂前智叟品仙泉。
牡丹园内争国色,红遍千山有杜鹃。

二

喜见玉萍生,欣闻布谷鸣。
蒙蒙飞絮乱,款款老牛耕。
陈酒知新意,新茶醉旧情。
春潮平绿满,处处是花城。

立夏

斗指东南暑尚微,雷鸣阵雨送春归。
秤人挂体求康健,彩线缠绳五色辉。
迎夏之初祈物盛,百般红紫斗芳菲。
风吹秀麦翻波浪,万里江山着绿衣。

小满

一

黄莺穿柳绿蛙夸,小满时令处处花。
麦穗初齐浆渐满,农家何止事犁耙?
勤蜂酿蜜飞来急,何惧寻源野为家?
桑叶肥时蚕正饱,青梅煮酒话桑麻。

二

新荷初泛碧,垄麦乍生黄。
微雨台阶绿,清风露叶凉。
莺啼杨柳岸,鸭戏浅池塘。
通晓盈亏理,当知满则殇。

芒种

落日楼头杨花尽,雄鸡啼早声声焦。
农夫田里争三夏,戴月披星汗雨浇。
侯门闺阁送花神,绣衣招展凤钗摇。
闲埋残红泣香冢,珠泪不为悯农落。

夏至

草密林丰知夏仲,蝉鸣蛙噪韵难同。
骤来骤去奔雷电,时雨时晴幻彩虹。
荷伞田田香送远,新生半夏秀芳丛。
高居摇扇休烦热,须解清心胜冷风。

小暑

南风揭幕暑登台,绿满池塘荷正开。
燕觉温高频洗水,蝶因热酷隐花菜。
远看云黑先知雨,未听风声已闻雷。
忍性平心思克己,闲看阶上着新苔。

大暑

时维六月暑称雄,九野炎蒸走火笼。
蛛网新成遭热雨,萤生腐草未临风。
河塘嬉闹童追水,雅室无声叟运功。
夜短昼长寻旧梦,清风御我访蟾宫。

立秋

律变暑残未肯消,桐飞一叶落招摇。
蝉嘶暮晚催华发,蟀唱晨昏已觉凋。
衣带渐宽缘苦夏,应时润补贴秋膘。
愁人秋影悲寥寂,我趁风清赏碧霄。

处暑

七月流火暑方微,一派新凉扫众菲。
蝉泣声咽悲命短,蛩吟断续哭残闱。
胎禽不击鹰知义,始肃乾坤物将稀。
稻菽拥金丰收景,几分付出几分归。

白露

露从今夜起,风清气转凉。
流光疏月净,荷伞半残伤。
雁阵惊南浦,鸿飞弃北乡,
琳琅珠玉缀,秋实谱华章。

秋分

阴阳相半寒暑平,秋色中分露华琼。
丹桂飘香蟾月满,栌枫含醉碧空清。
悲秋孤旅离人怨,祭月思乡旧梦萦。
好趁金风书雅韵,宜将菊酒纵豪情。

寒露

野田凝露欲成霜,望断飞鸿涧水长。
庭院石榴夸富子,东篱菊艳占秋芳。
红添几树迷醉眼,翠减三荒物华伤。
最忌别离凭栏处,举杯独酌忆家乡。

霜降

一

气肃凝霜百草黄,枯藤老树惹愁肠。
荻花瑟瑟烟笼水,落木萧萧月沐凉。
风破茅棚惊杜老,闻声作赋醒欧阳。
因看红柿彤如火,暖意盈胸又举觞。

二

冷露凝霜降,清空月似刀。
远望孤雁影,静听落叶飘。
霜菊花犹艳,风竹节更高。
凭栏三碗酒,慰我半生劳。

立冬

寒风乍起知冬始,菊败花残岁月慵。
雪透云窗寒醒骨,霜侵月户冷盈胸。
一杯薄酒烧残夜,半卷经书习圣宗。
莫道冬来花季少,暗香梅雪傲霜松。

小雪

小雪时节瑞雪扬,寻赏佳景离书房。
天鹅换羽漫空舞,玉龙卸甲乱无章。
树树梨花盈万朵,皑皑素装纳千祥。
江山万里无异色,兆示丰年好种粮。

大雪

冰封河冻雪花飘,漫天银色舞妖娆。
寒号不鸣六阴极,荔挺抽芽虎始交。

冬至

阴伏阳气生,捂耳御严冬。
祈天行好运,思亲祭远宗。
凌寒梅犹绽,风动雪花轻。
不敢探春梦,惧老怯年增。

小寒

烹茶捧卷过小寒,遥知杭州梅正妍。
冰清独咏孤山雪,暗香幽报春欲还。

大寒

旧雪未消新雪飘,挂檐冰乳闪银毫。
冷日无光呵气冻,唯有松梅领风骚。

诗词·辞赋篇

踏莎行

故里重归,花香满路,满山碧桃花开怒。
焚香一缕慰双亲,茔前抛泪思如故。
松掩碑铭,英魂居处,忆昔往事一幕幕。
母恩似海比海深,父爱如山比山重。

水调歌头·咏怀

戏罢温泉水,又登千灵山。北宫风景览胜,长啸震九天!
耻与庸人为伍,不以物喜己悲。
我行亦我素,随遇即为安,宵小奈如何?
任尔千般磨难,枉费贼心肝!宽心胸,强体魄,冷眼观!
畅饮佳酿美酒,知音诗词唱和,山水寄豪情。
潇洒人生路,无愧天地间!

晨曲

秋转凉,叶渐黄,清河雾漫白纱长,晨曲和朝阳。
滨河岸,柳堤旁,冲步疾走健身忙,酌句费思量。

鹊桥仙·银婚塞上

掬沙筑垒,驭驼寻路,童心未泯深处。
沙漠黄河两相顾,银婚携手同祝。

愁无绪

纸醉金迷,意阑珊。
雨落花残春渐远,一场寂寞怎堪?
韶华易逝,昨日黄花泪始干。
愁无绪,浇酒买醉为哪般?
思量卧隐终南山,情付山水,独凭轩!

踏莎行·七七事变

晓月蒙烟,石狮掩目,七七无端起杀戮,
二十九军挥刀处,神州抗战揭序幕。
四海翻波,黄河震怒,同仇敌忾扫倭寇,
浴血八年明月复,居安勿忘强国路。

唱

一

金风玉露,天河暗渡,飞星传恨何处?
广寒宫冷长袖舒,寂寞吴刚伐桂树。
鹊桥铺就,聚少离多,语咽泪眼相顾。
难舍别时频回眸,秋来悲情谁与诉?

二

一场秋雨,一场清凉,离愁秋水长,银汉宽宽宽几许?
鹊儿搭桥聚鸳鸯。一世奔波,一枕黄粱,梦醒情寄何处?
一望云遮天苍苍,再望风吹野茫茫。

和

一

银河无情,弱水难渡,怎阻两情深处?
诚感王母恻隐动,喜鹊编通相思路。
情深义重,天条敢触,千古佳话传颂。
聚短离长无限恨,寄语秋风暗相诉。

二

一盏孤灯,一盅残酒,秋雨话凄凉。四顾迷茫欲何往?
望穿秋水半神伤。几多期许,几多奔忙,青丝谁染白霜?
欲借龙泉三尺,斩断气短情长。

夜

疏星朗月,叶染银光。
觉初秋之微凉,望阡陌之纵横。
独行幽径,蛩虫浅唱,念四时之有序。
春华秋实,品物类之繁盛。
人生亦此,少年不知愁滋味,老去悲秋须强宽,
达人知命受安分,独善其身顺天然。

田园

窗前风竹摇曳,屋后舞柳婆娑。
小桥流水泛清波,秋虫浅唱低歌。
畦中菜青叶绿,坡上瓜密果多。
采撷满园秋色去,举杯邀月同喝。

忆

秋月疏桐影形单,翘首祈望,伊人在谁边?
枯叶无声随风舞,流水无情,残花飘零恋河川。
曾忆廊桥荷叶田,携手相拥,娇羞语缠绵。
暗恨月圆良宵短,咫尺天涯,泪眼婆娑倚栏杆。

临江仙·望月

谪仙东坡已咏尽,明月千古清辉。
天涯怀远梦依稀,万家团圆夜,月照故人归。
凝思终解圆缺意,何曾物我相违?
斗转星移日月新,秋光无限好,放眼淡云飞。

临江仙·月夜

明月何故照无眠,醉影疑入林泉。
依稀不觉身是客,惊醒意阑珊,魂牵是故园。
淡云款款伴月前,营营何时能闲?
告老回归乡梓日,宝马放南山,采菊学陶潜。

感怀

一

独怜青鬓添白丝,自笑渐已失年少。
兴索强登千灵山,玉雪未全融,叶落枝头空。
登峰擂鼓颂国泰,渐生豪气。
一览众山微,试看谁为峰?

二

独怜青丝渐稀松,自笑少匆。
比肩登高远,遥望前川,兴索需亲躬。
玉雪纷呈未消融,叶落枝头空。
一览众山微,豪气干云,且看谁为峰?

浣溪沙

性喜散淡与疏狂,不羁放浪自由郎。
曾辞杂役高歌去,也教人羡不拘章。
江海阔,山河长。何曾低眉侍权强。
功名富贵随风去,冷眼旁观世炎凉。

清平乐·春花

东风细细,望眼花枝密。
欲效乐天吟妙句,无奈不通花意。
梦中花比高低,我难以分伯仲。
丁香胜因典雅,海棠赢在华丽。

看海

一

独行,微风,斜雨,欲看水深几许?
浩渺烟波,忍见村房作岛屿。
省去千里看海,满路车行如舟,
预报又大雨,回家取网捕鱼。

二

微风轻澜,浓雾锁渔船。
踌躇四顾水无边,抚今追昔思惘然。
古今多少英雄事,都付沧海浪花填,谁曾过百年?
碣石仍矗立,行宫何处安?
只留青史几页,任凭后人笑谈。

采桑子·重阳

菊花正艳群芳妒,怕过重阳,偏遇重阳,忆起爹娘珠泪长。
手持菊酒遥相祭,人间已凉,天上更凉,怎不教人痛断肠?

蝶恋花

别梦重游灵鹫寺,蓬草荒台,寒鸟盘枯树。
满腹惆然睹旧物,残垣荒冢伤情处。
古塔飞檐凌霄矗,触景唏嘘,兴败存天数。
自信生来存傲骨,因何竟被愁思误?

南乡子·登太行

薄雾笼寒山,百丈危岩老又攀。
气喘吁吁汗若雨,顶上寒鸦笑我癫。
怎不忆当年?涉水跋山气若闲。
五岭三山脚下过,时迁,似水流年鬓已斑。

难得糊涂

爱也罢,恨也罢,爱恨心中皆无挂,
有缘无缘前生定,覆水难收由他吧。
清亦浊,浊亦清,浊洗吾足清洗缨,
是非成败转头空,顺势随遇享太平。
醒中醉,醉中醒,半醉半醒观风景,
聪明糊涂任人判,此心不为荣辱惊。

清平乐

云施红黛,目送天飞雁,
斜月梧桐声声唤,盼梦温馨重现。
铁龙呼啸生风,浅池蛙噪金声,
安得结庐净土,双飞双宿同修。

踏莎行·元阳梯田

云海元阳,千奇雕塑,岚光透雾销魂处。
波光粼影映花田,层层堰堰馨香贮。
因地随形,辛勤寒暑,生生不息迢迢路。
游人只解醉春风,何曾省得耕夫苦?

青玉案·立春

一醒枕上黄粱去,渐冬末、春潜顾。莫怨时光催老暮。
如斯川水,任谁留住,应喜春归处。
春牛图上看春煦,风动玉钗彩幡舞,祈盼丰收天已许。
酬勤犹是,鞭催牛动,不误佳时雨。

临江仙·望海

景醉椰风情醉酒,望闻海韵涛宏。层层波起浪难平。
海天连际处,花炮绽轰鸣。
世事今朝成旧日,生生不息无停。纵然风骤水声惊。
暗流汹涌动,进退自安宁。

永遇乐·五十三诞

往事如烟,五旬三载,韶华流逝。
鬓染风霜,羞抛棱镜,莫笑真如戏。
人生过半,蹉跎零叹,世事岂都如意?
夜无眠,思今追昔,心中杂陈兼味。
经风历雨,彷徨犹豫,少壮辛酸不计。
祖有余馨,福延子辈,开辟新天地。
已知天命,修身克己,惜福善缘常记。
看明日,无边盛景,虹销雨霁。

西江月·三十一年婚庆

又是桂香秋色,匆匆三十一年。
相濡以沫共撑船,苦辣酸甜尝遍。
业如今遂愿,生活处处安然。
事白头携手不羡仙,恩爱终生为伴。

浪淘沙令·支架

独自莫凭栏,梦忆从前,风华正茂几多年。
放浪轻狂骄得意,纵酒贪欢。
圆缺总难全,梦醒当前,寻常辜负是红颜。
头染银霜心嵌铁,烟酒无缘。

西江月·逍遥楼

饱览唐风宋月,鲁公题字千年。
漓江波吻忆从前,曾是岭南独冠。
肩比滕王黄鹤,涅槃几度残垣。
秀峰山下桂城边,盛景于今重现。
国难时节现英雄。万民驱毒疫,华夏复春风。

西江月·清明

又是清明时节,尘风土雨还寒。
招魂人行泪涟涟,谁忍阴阳两断?
往事东流逝水,繁华飘散云烟。
转身梦醒已了然,争甚英雄好汉。

蝶恋花·伤春

昨夜窗前风雨扰,雨住风停,花落知多少?
渐次百花开又落,风飘香径无人扫。
春暮伤情无处道,
痴语同花,频惹他人笑。
笑我人儿应不晓,无情岁月催人老。

清平乐·乱花浅草

乱红浅草,莲叶铜钱小。
红冶绿娇花正好,梦里几番春晓。
赏春当趁花时,人须把握张弛。
年少不知努力,老来悔恨方迟。

鹧鸪天·冬至

把盏围炉夜已阑,寒星冷月酒难欢。
因无雪讯望云断,为寄相思入梦还。
冬已至,夜风寒,推杯缱绻枕无眠。
徘徊树影孤灯下,一缕幽怀难释然。